단정한 반복이 나를 살릴 거야

단정한 반복이 나를 살릴 거야

봉현
지음

창비

조금씩 반복하다 보면
어느새 완성되어 있을 거야

쉽사리 잠이 오지 않는 밤이 있었다. 해가 뜨면 기계처럼 자리에서 일어나 밥을 먹고 책상 앞에 앉아 일했다. 되풀이되는 일상이 심심했고, 하고 싶은 일이 아닌 반드시 해야 하는 일은 대개 재미가 없었다. 사는 게 너무 지루했다. 그럼에도 무력하고 권태로운 기분에 지지 않고 할 수 있는 것들을 해내기 위해 스스로 반복한 말이 있다.

"하루만 더, 하나만 더 하자!"

내가 나를 구원하는 말이자 다시금 나를 살리는 힘

이었다. 그렇게 하루하루를 반복하다 보니 어느새 성실하고 단정해 보이는 내가 거울 앞에 서 있었다. 아무 일도 일어나지 않아 숨 막히던 날들은 아무 일도 일어나지 않아 평화로운 날들로 바뀌었다. 그래서 궁금했다. 피터 팬과 하늘을 날던 웬디는 어떻게 되었을까. 그림자를 꿰매던 꿈에서 깨어났을까. 침대에서 피곤한 몸을 일으켜 설거지를 하고 바닥을 쓸면서 천천히 나이가 들었을까. 할머니가 된 웬디는 행복할까.

나는 미라클 모닝의 선두 주자도, 완벽한 루틴을 지키는 성공한 사람도, 대단한 사명감을 지닌 위인도 아닌, 평범한 9년 차 프리랜서다. 많은 게 서툴고 부족하지만 분명한 건 뭐라도 해보려는 사람이다. 계획이 엎어지고 기대가 무너질 때마다 자책하고 후회하지만, 다시 씩씩하게 계획을 세운다. 절망과 다짐 사이를 왕복하며 꾸준히 그림을 그리고 구독자들에게 지난 1년간 뉴스레터 「봉현읽기」를 성실히 써서 보냈다. 일상을 정돈하며 우울을 지워냈던 경험을 다정한 언어로 기록했다. 사람들에게 편지를 부치는 일은 내게 기쁨이었다. 내밀한 곳까지 드러내며 솔직하게 쓴 편지는 공감과 위로가 적힌 답장들로 돌아왔다. 메일함에 차곡차곡 쌓인 마음을 한 권의 책으로 엮었다. 무채색이었던 나의 세상은 어느새 회복의 색으로 물들었다.

그토록 지루하고 지겹던 시간이 나를 성장시켰다. 글쓰기와 그림 그리기는 여전히 어렵고, 혼자서 1인분의 살림을 꾸려나가기도 만만치 않다. 청소는 귀찮고, 돈벌이는 막막하며, 때로 외롭고 불안하다. 나를 제대로 먹이고 씻기고 재워야 하는, 즉 잘 살아야 한다는 모든 책임을 이따금 놓아버리고 싶었지만 결코 포기하지 않았다.

내가 나를 지켜내는 방법은 단순했다. 할 수 있는 일을 계속하는 것. 비록 오늘 하루가 별 볼 일 없었더라도, 돌이켜보면 삶은 끊임없이 질문을 던져왔던 것 같다. 생의 의미가 무엇인지, 어떻게 살아야 하는지, 누구를 사랑하는지. 그 대답은 나를 둘러싼 모든 것들에 깃들어 있었다. 보송한 수건 한 장, 시원하게 들이키는 물 한 컵, 한 걸음 내딛는 산책, 한낮의 따사로운 햇볕, 마음을 밝히는 문장 한 줄 그리고 바로 지금의 나.

삶은 여전히 두렵지만 앞으로 이어질 뻔한 날들도 계속해서 살아보고 싶다. 끊임없이 반복되는 이 하루를 생의 전부처럼.

AM 9:00

좋아하는 음악을 틀고 커피를 내리며
작업방 책상에 앉는다.

AM 11:00

다이어리에 일정을 정리하고
마감일이 촉박한 작업부터 처리한다.

PM 4:00

어젯밤 자기 전에 만든 시원한 레몬 차를 꺼내 마신다.
먹는 것, 마시는 것, 자는 것 하나하나 신경을 쓴다.

온종일 열심히 먹고 최선을 다해 일한 나를
그림일기에 기록하며 하루를 마무리한다.

책상을 정리하고 샤워를 한 뒤에 물을 한 컵 마신다.
그리고 내일의 계획을 적는다.

차례

∘

프롤로그

조금씩 반복하다 보면 어느새 완성되어 있을 거야 4

1장

다정한 경험이 내일을 구할 거야

단정한 반복이 나를 살릴 거야

3장

단순한 사랑이 우리를 자유롭게 할 거야

1장

다정한 경험이 내일을 구할 거야

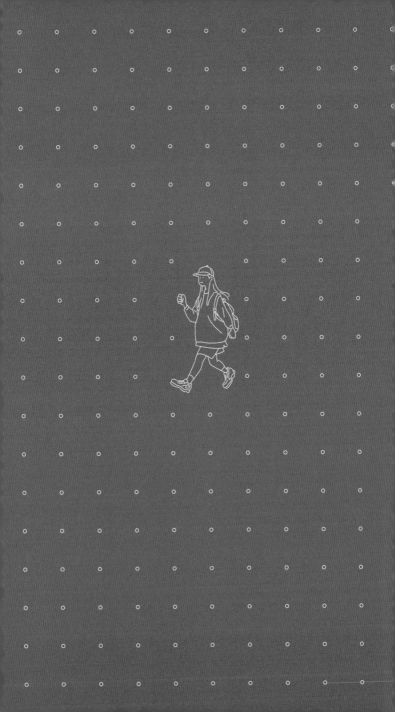

프리하지 않은 프리랜서

하루만 더, 하루만 더, 하다 보니 6박 7일간의 밤샘 작업이 끝났다. 기름진 머리, 푸석한 피부, 다크서클이 이만치 내려온 피폐한 얼굴. 피로가 누적된 나머지 눈은 시리고, 손은 덜덜 떨리고, 손가락에 두꺼운 물집이 생기고, 다리는 퉁퉁 부었다. 주방 싱크대에는 커피잔만 여섯 개, 그릇들이 전부 밖으로 나와 있고 쓰레기통에는 온갖 배달음식의 흔적이 넘쳤다. 일주일 전에 널었던 빨래 위에는 먼지가 뽀얗게 앉았다. 집도 나도 엉망진창이다.

프리랜서는 자유롭다. 일어나고 싶을 때 일어나고, 자고 싶을 때 잔다. 놀고 싶을 때 놀고, 내킬 때 출근한다.

혼내는 사람도 없다. 하지만 일어나고 싶을 때 일어나고, 자고 싶을 때 자면 큰일 난다. 통장 잔고는 언제 바닥날지 모르니 늘 대비해야 하고, 퇴근이 없으니 항상 업무 모드다. 아무도 나를 챙겨주지 않는다. 누구도 나를 책임져주지 않는다. 모든 걸 알아서 해야 하는 9년 차 프리랜서는 자유롭지만 자유롭지 않다.

클라이언트는 내가 무엇을 좋아하고 어떤 라이프스타일을 추구하는지 궁금해하지 않는다. 오직 관심 있는 건 '이런' 그림이 '언제'까지 '필요'하고 과연 '가능'한지에 대한 확답뿐이다. 이때 나는 창작자가 아니라 노동자다. 보통 작업 의뢰가 들어오면 책상에 앉아 14시간 정도 내리 그림을 그린다. 밤새 일하다 해가 뜨는 걸 보고 나서 쪽잠을 자고, 일어나면 커피잔을 들고 다시 책상 앞에 앉는다. 한 손으로 일하면서 한 손으로 먹을 수 있게 샌드위치나 하나씩 집어 먹을 수 있는 김밥으로 끼니를 때운다. 작업을 마무리해야 하는 날에는 24시간 넘게 깨어 있을 때가 태반이며, 그 와중에 예전에 진행했던 일의 추가 수정이 들어오기도 한다. 파일명 '수정_최종_진짜_정말_제발_최종.jpg'처럼 끝날 듯 끝나지 않고, 포토샵의 레이어와 파일 용량이 계속해서

증식한다.

희한하게 대부분의 일은 무리한 일정과 분량으로 온다. 클라이언트는 "가능할까요?"라고 묻고, 그런 질문을 한두 번 받은 게 아닌 나의 대답은 언제나 같다.

"해야죠!"

답하고 나면 일정이든 분량이든 말도 안 되는 상황을 해결해야 하는 건 온전히 내 몫이다.

"막상 해보니까 안 되겠어요. 무리입니다"라고 말할 수 없다. 이건 돈을 받는 일이다. "잠도 못 자고 힘들어요. 시간을 더 주세요"라고 말하며 늦을 수 없다. 계약한 일은 주어진 일정 안에 어떻게든 해내야 한다. 마감 앞에서 변명은 소용없다. 한번 잃어버린 신뢰는 모든 걸 무너뜨린다. 여러 가지 일이 겹치면 그걸 정리하는 것도, 일상과의 경계를 보수하는 것도 프리랜서의 능력이자 덕목이다.

밤샘 작업을 하느라 비싼 피로회복제를 입에 털어 넣고 있으면 미래의 생명력을 끌어다 쓰는 기분이다. 이러다 진짜 죽겠다 싶을 때쯤 일의 끝이 보이기 시작한다. 그렇게 참고 견디며 불가능해 보였던 마감을 해내면 그 후련함은 이루 말할 수 없다(그리고 **입금**을 기다린다). 일은 끝내고 맞이하는 아침에 만세 자세로 기지개를 활짝 켜며 "해냈다, 다 했다!"를 외친다.

그러고 나서 푹 자고 일어나 산책하고 영화를 본다. 필라테스 강습에서 팔 아래쪽에 뭉친 전완근을 풀고 척추를 재조립한다. 배달 음식 대신 냉장고에서 반찬을 꺼내 천천히 식사를 한다. 청소를 하고 낮잠을 잔다. 익숙하고 당연하던 일상이 새삼 감격스럽다.

일할 때는 "놀고 싶다, 자고 싶어"라고 중얼대지만 이틀 정도 쉬고 나면 또다시 책상 앞에 앉아야 한다. 한없이 흐트러지기 전에 게으름에 마침표를 찍는다. 의뢰받지 않은 글을 쓰고, 그림을 그린다. 급한 마감 때문에 미뤄뒀던 개인 작업들을 이때 해야 한다. 언제 어떤 일이 들어올지 예상할 수 없기 때문이다.

프리랜서로 산다는 건 불안과 싸우면서 언제나 준비된 상태를 유지해야 한다는 것. 매달 나가는 고정지출은 있는데 돈 들어올 곳이 없으면 초조해지고, 작업 의뢰가 없으면 내가 무능력해서 그런 걸까 싶어 자존감이 바닥을 친다. 그렇다고 마냥 손 놓고 기다리면 정작 일이 들어왔을 때 아무것도 내보이지 못하는 텅 빈 깡통이 될 수밖에 없다. 그래서 틈날 때마다 자발적으로 포트폴리오를 만들며 스스로를 증명해낸다. 매일 조금씩 글을 쓰고 그림을 그리며 나중을 대비한다. 방금 전까지 방구석에서 울며 신세를 한탄하는 중이었어도 의뢰가 들어오면 눈물 닦고 당당하고 신뢰 넘치는 모습을 보여야 한다.

평소 생활을 규칙적으로 꾸리다가도 예상치 못한 일의 파도에 단숨에 업무 모드로 돌입하는 순발력을 지니기 위해서 필요한 건 루틴이다. 고백하건대 20대의 나는 성실함과 거리가 먼 사람이었지만, 아무짝에도 쓸모없는 자책과 공허가 가득한 새벽을 맞이하기 전에 일찍 잠들고 일어나는 사람이 되었다. 신체 리듬을 지키고 계획대로 산다. 물론 그러다 일이 들어오면 아침이고 밤이고 24시간이라는 단위조차 사라져 생활 환경이 순식간에 무너진다. 대체로 일은 없으면 한없이 없고, 있으면 숨 막히도록 몰린다. 매달 적당히 나눠서 들어오면, 적당히 자유롭고 적당히 얽매이며, 적당한 수입을 계산할 수 있을 텐데…… 어쩔 수 없이, 여건이 되는 대로 나를 끼워 맞추고 빠르게 대응하며 결국 해내고야 마는 것이 바로 프리랜서의 숙명인 것이다.

나의 삶에 일과 자유가 차지하는 비중은 무척 크다. 일에는 기쁨과 슬픔이 공존한다. 힘들게 일했기에 휴식과 소비가 달콤하고, 일을 통해 내 존재감이 커지기도 작아지기도 한다. 내가 사랑하는 자유도 마찬가지다. 평생 자유롭게 살았다면 자유가 무엇인지 모르지 않았을까. 늘 엄격하게 나를 구속했다면 다양한 생각과 감정을 담은 그림을 그리고 글을 쓸 수 있었을까. 한쪽에 치우친 삶은 싫다. 일과 휴식 사이, 자유와 속박 사이에서 균형 잡는 삶을 꿈꾼다.

나는 프리랜서로 사회생활을 시작했고, 프리랜서로 사는 중이고, 프리랜서로 살아남고 싶다. 누가 알려준 것도 아니고, 어디서 배운 것도 아닌, 오직 내 경험으로 얻은 소중한 이야기가 지금의 나라는 레이어를 층층이 채워주었다. 앞으로도 계획적이지만 즉흥적으로, 체계적이지만 유연하게, 성실하지만 자유롭게 계속 이 직업으로 잘 먹고 잘 놀고 잘 살고 싶다.

메일 수신함에 1이 떴다. 프리하지 않은 프리랜서, 책상 앞으로 출근할 시간이다.

미운 아기 프리랜서

"네 그림을 헐값에 넘기면 안 돼."
"저 회사와 일하지 마."
"일 없다고 놀지 말자!"
"메일을 그렇게 보내면 안 되는데?"
"그 계약서에 서명하지 마!"

지금의 내가 8년 전의 나에게 해주고 싶은 말이다. 출판업계와 관련 없는 대학 전공, 연고 없이 지방에서 올라와 시작한 1인분의 생활. 알바와 취직 사이에서 망설이다가 얼떨결에 첫 책을 내면서 프리랜서 작가가 되었다. 계획하고 준비했던 일이 아니었기에 닥치는 대로 하면서 배웠다. 모르는 게 많았지만 조언을 구할 수 있는 사람이 없었다.

세계 여행을 하면서 보고 느낀 걸 글과 그림으로 담은 첫 책을 본 출판 관계자들에게 연락이 왔다. '봉현 작가님, 삽화 의뢰드립니다'라는 제목의 메일을 처음 받은 날은 아직도 생생하다. 내 그림으로 돈을 벌 수 있다니, 기뻐서 팔짝팔짝 뛰었다.

첫 번째, 두 번째로 들어온 일은 소설책 삽화 작업이었다. 원고를 받자마자 종이에 인쇄해서 꼼꼼히 읽고 메모하며 어떤 그림을 그릴지 구상했다. 두 달간 정성과 열정을 다해 그린 삽화가 수록된 책을 보는데 엄청난 보람과 기쁨을 느꼈다.

하지만 들뜬 마음과는 달리, 일이 들어오지 않았다. 아침에 눈뜨자마자 메일함을 열어보지만 나를 맞이하는 건 스팸메일뿐. 일러스트레이터로서 승승장구하겠다는 꿈에 부풀었던 나는 천천히 무너졌다. 일은 한 달에 한 번 들어올까 말까 했고, 초보 프리랜서는 가뭄에 콩 나듯 작업 의뢰가 오면 무조건 "열심히 하겠습니다!"라고 외쳤다. 조건을 따질 여력은 당연히 없었다. 계약 조항에 의문이 들고, 단가가 부족한 것 같아도 거절은 상상하기 어려웠다.

'내가 뭐라고 일을 골라서 받겠어? 단가를 올려달라고 요구하면 안 되겠지?'

을은 선택권이 없다. 적정 단가보다 훨씬 낮은 금액으로 불공정 계약을 했다. 경력에 전혀 도움이 되지 않는 작업도 했다. "이건 추가 비용 있는데요" "이 조항은 이렇게 바꿔주세요"라고 요청했다가 같이 일하지 않겠다 하면 어떡하지, 싶은 두려움은 그저 어떤 제안이든 "네" 하고 수용하게 만들었다. 용기 내어 말한 적도 있지만 답장은 오지 않았다. 왜냐하면 그림 그리는 사람은 넘쳐나니까. 꼭 내가 아니어도 되니까.

낮은 단가의 일은 그 자체로 소모적이었고 노동의 효율성도 떨어졌다. 삽화 10~20컷을 그리려면 미팅과 작업, 입금까지 최소 두 달의 시간이 드는데 당시 작업료는 120만 원이었다(두 달 일하고 받은 돈이니까 결코 많은 액수가 아니다). '이번 달도 어떻게든 버텼다'라는 안도감은 '다음 달에는 어떡하지?'라는 걱정으로 이어졌다. 그마저 일이 없으면 월세를 충당하기 위해 일일 아르바이트로 캐리커처를 그리러 지방에 가거나 카페에서 커피를 내렸다. 당시 시급은 많아봤자 5,000원. 하루

8시간 동안 일하면 4만 원을 받았다. 한 달의 반 이상은 그림을 놓고 살아야 했다.

　일하는 즐거움, 기쁨, 보람 같은 게 없었다. 돈을 흥청망청 쓴 적도, 값비싼 물건을 산 적도 없는데 생활비만 겨우 해결하는 굴레 속에서 점점 의욕을 잃어갔다. 좋아하던 그림 일이 살아남기 위한 수단이 되자 자신감이 떨어졌다. 자주 도피했고 자주 우울했다. 일이 들어오려면 뭐든 해야 한다고 생각했지만 그 '뭐든'이 무엇인지 몰라 막막했다. 그림 그리는 게 너무 좋아서 종이와 펜에 흠뻑 빠져 있던 나는 점점 희미해지고, 어느 순간부터 그림을 그리지 않게 되었다. 그렇게 어영부영 2년을 흘려보냈다. 마음이 잔뜩 꼬였다. 돈도 못 버는 그림을 계속할 이유가 없었다. 그토록 좋아했던 그림이 나를 괴롭게 했다.

　그림이 미워졌다.

그럼에도 계속하고 싶다는 마음

어느 날 갑자기 그림이 그려지지 않았다. 종이 위에 억지로 끄적인 그림은 한심하기 짝이 없었다. 이대로는 안 되겠다 싶어 매일 한 장씩 그림을 그렸다. 하루도 빠짐없이 1년 반 동안 그림을 습작했다. 그림을 혼자 보기에는 노력이 아까워 하루에 한 장씩 페이스북에 올렸다. 처음에는 놀라울 정도로 아무도 관심을 갖지 않았다. 하지만 그림이 조금씩 쌓이자 사람들이 내 그림을 보기 시작했다. 작업 의뢰도 점점 늘었다. 그때부터 강연 요청이 들어왔다.

사람들 앞에서 강의를 한다고? 의구심이 들었지만

나는 결코 거절을 모르는 씩씩한 을. 무작정 하게 된 그림 강의는 의외로 적성에 맞았다. 강연비도 쏠쏠했다. 강의를 들으러 온 사람들은 제대로 그림을 그려본 적 없는 경우가 대부분이었지만 "그림을 그리고 싶어요"라고 말하며 눈을 반짝이곤 했다. 그들 앞에서 말했다.

"누구나 그림을 그릴 수 있습니다!"

맞는 말이기도 하고 틀린 말이기도 했다. 어릴 때부터 그림 그리기가 좋았고, 그림은 내 전부였다. 잘하고 싶어서 끊임없이 노력할 수 있었던 건 '그리고자 하는 마음' 덕분이었으니까. 하지만 이제 내게 그림은 즐겁기만 한 대상이 아니었다. 좋은데 두려웠고, 행복한데 괴로웠고, 이대로 괜찮을지 의심했다. 그림이 내게 안정적인 수입을 보장하는 날이 오긴 할지 고민이 계속되었다. 그럼에도 이상하게 그림을 때려치우고 다른 일을 하고 싶지는 않았다. 그림이 돈을 벌기 위한 수단일 뿐이라 말하기에는 그림을 그려온 수많은 시간이 무척 소중했다. 그릴 때만 느낄 수 있는 감각, 그 어떤 것으로 대체할 수 없는 감정이란 게 분명 존재했다. 그건 사람들에게 꼭 그림을 그려보라 말하는 이유이기도 했다. 흰 종이 위에서 사각사각 직접 손을 움직여 무언가를 만들어내는 경험은 그 자체로 특별하니까.

그림을 일로 삼은 지 8년이 흘렀다. 부와 명예는 이루지 못했지만 종종 생활비를 훌쩍 뛰어넘는 돈을 벌고 저축 통장과 비상금 통장이 생겼다. 긴 여행을 다녀왔고 장비를 업그레이드했다. 친구들과 좋은 음식을 나눠 먹고 갖고 싶은 물건은 망설임 없이 살 수 있게 되었다. 첫 번째, 두 번째, 세 번째 일을 지나, 셀 수 없을 만큼의 일을 꾸준히 해온 결과다. 일하면서 일을 배웠다. 일이 아니어도 계속 그림을 그렸다. 그간의 과정을 그래프로 그려보면 아주 완만한 성장 곡선을 이루지 않을까. 언제 여기까지 왔지 싶을 만큼 티 나지 않는 속도로 굉장히 느리게 상승했다.

돌아보면 이 일을 시작할 당시 나는 너무 거저먹으려는 속셈이었던 것 같다. 시작만 하면 인생이 순조롭게 풀리고, 마음만 먹으면 다 잘할 수 있을 줄 알았다. 자만감을 자신감이라 착각하고, 직업의 세계가 어떤 것인지 잘 알지도 못 하면서 불만과 불안만 가득했던 시절이었다. 하지만 실전에서 부딪치고 깨져가며 가까스로 살아남아 지금도 이렇게 일하고 있다.

선배, 멘토, 스승 같은 건 없었다. 누군가에게 가르침을 받고 일러스트레이터로 성공하는 법을 알려주는 책을 닳도록 읽었다 한들, 별반 다르지 않았을 것 같다. 머리로는 알 것 같아도 실제로 무척 헤맸을 것이다. 실전에서는 직접 경험하고 실패해보지 않으면 모르는 것들 투성이니까. 그래서일까. 9년 차인 지금의 내가 아는 것들이 참 각별하다.

직접 부딪히면서 몸에 밴 작업 방식.
적당한 선이 어디인지 아는 업무 소통.
일에 휩쓸리지 않는 일상의 균형.
자만하지 않고 계속 발전하려는 의지.
이 일을 앞으로 계속하고 싶다는 마음.

좋아하는 일을 직업으로 삼아도 변치 않고 좋아하려면 그만큼의 책임을 져야 한다. 그 책임은 단순하다. '계속' 하는 것이다. 어떤 방법이든 어떤 과정이든 끝이 보이지 않아도 멈추지 않고 걸어가는 것.

"일단 해봐야 알아요. 지금은 잘 모르지만 지나고 나면 깨닫게 돼요. 내가 얼마나 서툴었는지, 어떻게 성장했는지. 그러니까 끝까지 가봐요."

누군가 내게 프리랜서를 위한 조언을 구한다면 자신 있게 해줄 수 있는 이야기는 이것 하나다(프리랜서 20년 차인 미래의 내가 멀리서 팔짱 끼고 비웃고 있을지도 모르지만).

SNS를 지웁니다

SNS 앱을 지웠다. 트위터 11년, 인스타그램을 10년 넘게 하면서 사람들과 안부를 묻고 수없이 소통했지만, SNS 는 사실 내가 쓰고 그린 작품을 알리고 다른 콘텐츠를 살피며 다양한 문화를 접하는 수단이었다. SNS의 장점 은 끝이 없다. 매 순간 새로운 소식이 올라오고, 1초 만 에 지구 반대편을 들여다볼 수 있다. 너무 완벽한 장점 은 너무 완전한 단점이다. 궁금하지 않은 사람의 소식, 마음의 준비 없이 밀려오는 일방적 소통, 나를 알려야 한다는 압박감, 나 빼고 다들 이룬 것 같은 성공, 시대에 뒤처지지 않으려고 계속 쫓아가도 영원히 쫓기는 듯한 기분. 피로감이 기묘한 모습을 하고 어마어마한 덩치로 축적되었다. 손가락을 꾹 눌러 앱을 삭제했다. 그렇게 내게서 타인의 삶이 사라졌다.

SNS 앱을 지운 일주일 동안 긴 터널 속에 있는 기분이었다. 깜깜해서 주위를 볼 수 없고 앞쪽의 희미한 빛을 향해 걸어야만 하는 공간. 지금 나는 터널의 가장 어두운 곳을 지나가는 중이라 생각하며 검게 더러워진 얼굴로 낡은 신발을 신고 무거운 짐을 메고 뚜벅뚜벅 걸었다. 시선을 좌우로 돌릴 수 없게 되자 놀랍게도 시간은 오롯이 내 편이 되었다. 몰입의 연속이었다. 이렇게까지 차단하고 살았던 적이 있었을까 싶을 만큼 인간관계를 끊고, 해야 하는 일을 하고, 하고 싶지 않은 일은 하지 않았다. 완전한 혼자였다. 이 세상에 오직 나뿐이기에 누구의 눈치도, 어떤 상황도 살필 필요가 없어졌다.

모든 게 단순해졌다. 누가 행복하고 불행한지 비교할 대상이 사라지자 온전히 내게 집중하게 되었다. 어떤 날은 완전한 해방감을, 어떤 날은 엄청난 외로움을, 어떤 날은 지독한 무감각을 얻었다.

고립과 독립은 한 끗 차이다. 우리는 독립을 꿈꾸지만 대부분 타인에 의해 고립을 경험하고 아파한다. 이번에 나는 처음으로 자발적 고립을 선택했고 눈앞의 일에 집중하며 완전한 독립이 무엇인지 조금이나마 알게 되었다. 다시 앱을 설치하고 로그인했다. 그동안 사람들은 SNS상에서 내가 없어진 줄도 몰랐다. "저 일주일 동안 SNS 안 했어요!"라고 외치기 전까지 무슨 일이 있었는지, 어땠는지, 아무도 몰랐고 관심조차 없었다. 내가 사라진다고 해도 세상은 바뀌지 않는다는 사실은 그 나름대로 나쁘지 않았다. SNS 세상은 여전했다. 놓친 것도 달라진 것도 없었다. 그래서 다행이었다. 다들 잘 살고 있어서. 만에 하나 잘 살고 있지 않더라도 별거 아닌 척해도 괜찮을 것 같아서. 맛있는 음식을 먹은 친구, 예쁜 옷을 새로 산 친구, 오늘 아침에 글을 쓴 사람, 어제 읽은 책의 문장을 나누는 사람, 나와 비슷한 고민을 하는 사람, 상처와 고통을 품은 사람…… 그럼에도 어떻게든 살고 있는 사람들을 다시 보니 오히려 마음이 편해졌다.

디지털 디톡스를 하고 나니 내 안의 독소가 빠졌다. 일상이 달라졌다. SNS 앱은 필요하거나 심심할 때 잠시 깔아서 보고 다시 지운다. 휴대폰은 연락 수단이자 시계라는 본연의 역할에 충실했다. 친구의 근황은 SNS가 아닌 안부 전화로 알게 되었고, 메모를 많이 했으며,

청소와 정리를 자주 하니 집이 쾌적해졌다. 자기 직전까지 휴대폰만 붙잡고 '좋아요'를 누르는 대신 책을 집어 들었다. 침대에 누워 눈을 감고 모닥불 타는 소리나 겨울 강가의 바람 소리 같은 걸 듣다가 잠들었다. 혼자인 시간이 길어졌는데 외롭거나 소외된 듯한 기분은 줄었다. 말은 줄고 사색의 순간이 늘었다. SNS를 하지 못해 초조해하던 때도 지나갔다. 처음엔 어색해서 어찌할 바를 몰랐는데 금방 익숙해졌다. 오히려 SNS 속 세상에 흥미가 떨어지고 그 대신 시간이 잔뜩 주어졌다. 잔뜩 주어진 시간을 가득 채울 수 있는 건 얼마든지 있었다.

모든 것을 알 필요도, 모두와 잘 지낼 필요도, 내 모든 것을 다 내보일 필요도 없다. 한 사람의 삶 전체를 SNS에 담아낼 수 없다. SNS를 하지 않는다고 해서 삶이 사라지지 않고, SNS를 한다고 해서 삶이 불완전해지는 것은 아니다. 다만 보고 싶지 않은 것을 보지 않겠다는 결심, 듣고 싶지 않은 말에 귀를 막을 자유, 말하고 싶지 않을 때 침묵할 권리, 궁금해서 직접 찾아보며 배우는 기쁨, 때로는 모르는 것이 차라리 나은 좁고 작은 평화 같은 것을 새로이 알게 되었다. 그럼에도 문득 불안에 한없이 휩싸일 때면 직접 손으로 써서 책상 옆에 붙여둔 BTS의 RM 인터뷰를 읽는다. 2018년 연합뉴스와의 인터뷰에서 "불안은 그림자 같아서 제 키가 커지면 더 커지고, 밤이면 더 길어지기도 한다. 그러니 마음속 반대편의 양가적 감정을 극복한다고 말할 순 없지만, 인간은 누구나 필연적인 고독이나 어둠을 갖고 가야 하니 안식처가 필요한 것 같다"라고 한 그의 말에 언제나 위로받는다. RM은 불안함과 친구가 될 수 있도록 피규어 수집, 좋아하는 옷을 사기, 모르는 동네에 가서 사람들이 어떻게 사는지 구경하기 같은 안식처를 여러 개 만들어놓았다고 했다. 버스를 타고 모르는 동네에 내려서 걷다 보면, 나는 결코 이 세계와 멀리 떨어져 있지 않음을 깨닫고 점차 불안이 분산된다고 했다.

세상은 종잡을 수 없고, 넘쳐나는 혐오의 웅덩이가 여기저기 고여 있는 것을 볼 때마다 분노와 절망이 일지만, 그럴수록 단순하고 평범한 것들을 떠올린다. 좋아하는 사람들의 건강을 기원하기, 동물들을 사랑하기, 식물을 돌보고 집을 정돈하기, 열심히 일하고 최선을 다해 돈을 쓰기 등에 집중한다.

모든 걸 이해할 필요도, 억지로 받아들일 필요도 없

다고 생각하자 마음이 편해졌다. 걱정과 달리 감당할 수 없는 큰 문제는 일어나지 않고, 기대와 달리 엄청난 행운은 찾아오지 않는다. 이것이 바로 놀라울 만큼 아이러니한 인생의 균형 아닐까.

인생 최초 돈 모으기 작전

서울살이 15년 차. 돈 없으면 살기 팍팍한 대도시. 서울에서는 좀 가난하고 불안해도 괜찮았다. 어차피 이곳은 내게 버티듯 사는 곳이었으니까. 여행지에서 두 달을 보내기 위해 서울의 열 달을 견뎠다. 사실 여행은 나의 고집이기도 했다. 프리랜서는 연봉이랄 게 없고, 통장에 딱 한 번 513만 원이 찍힌 게 처음이자 마지막 최고의 월수입이었다. 한 달 수입은 대체로 0원에서 200만 원 남짓이니 월세와 공과금, 생활비를 쓰고 나면 남는 게 없다.

그럼에도 조금씩 쪼개고 모아서, 1년에 한 번씩 큰 지출을 했다. 바로 여행. 한 번 다녀올 때마다 몇백만 원이 후루룩 빠져나갔다. 집에서 돈을 벌고, 집 떠나서 돈을 썼다. 몇 달간 쇼핑은커녕 친구를 만나거나 먹는 것을 줄여가며 구질구질하게 살다 작업료가 입금되면 몽땅 털어 한국을 떠났다. 미국과 쿠바에서 두 달을 보내고 한국에 돌아왔을 당시 통장 잔고는 98만 원이었다. '이렇게 대책 없이 쓰고 돌아가서 어쩌려고?' 같은 생각은 하지 않았다. 그 돈으로 누릴 수 있는 여행의 반짝이는 순간에 눈이 멀어 안정된 생활을 고려할 겨를이 없었다. 그렇게 살고 싶었고 그렇게 살았다. 벌면 떠나고, 벌면 떠나기를 되풀이하다 서른다섯을 맞이했다. 그리고 전 세계가 전염병으로 봉쇄되었다.

지금쯤 지구 반대편 어딘가의 허름한 호스텔 테라스에 앉아 조식을 먹고 있을 텐데, 작업방 책상 앞에 홀로 앉아 일만 하는 신세라니. 사회적 거리두기로 집 앞 카페를 가기도 힘들고 친구를 만나기 어려운 나날이 이어지면서 월 고정지출과 생필품을 제외하고 돈 쓸 일이 사라졌다. 일하는 시간에 일을 하고, 노는 시간에 일을 하고…… 여느 해와 다름없는 수입이었지만 저축량이 최대치였다. 팬데믹만 아니었다면 이미 사라졌을, 여행을 떠나 행복을 사는 데 쓸 돈이었다.

비행기 티켓을 끊고 낯선 침대에서 뒹굴고 싶었다. 이상한 액티비티 체험을 예약하고 처음 먹어보는 맛없는 음식에 몸서리치고 싶었다. 직접적이고 확실한 행복에 돈을 펑펑 쓰고 싶었다. 얼마를 지불하든 좋으니 새로운 장소의 공기와 햇살을 온몸에 두르고 싶었다. 좋은 옷과 좋은 가방 따위는 필요 없다. 내가 진짜 원하는 건, 힘들게 일해서 번 돈을 내가 원하는 시간에 소비하는 것. "이러려고 돈 버는 거지!" 외치며 신나게 돈을 쓰고 싶었다. 코로나19 상황은 좀처럼 나아지지 않아 여행 대신 디자인 가구, 독특한 찻잔, 예쁜 코트에 눈길을 주었다. 그럭저럭 잘 썼고 적당히 마음에 들었지만 왠지 허무했다. 이런 걸 원한 게 아니고, 이보다 더 좋은 걸 아는데…… 내 몸과 시간을 바쳐 일하고 열심히 번 돈인데 너무 아까웠다. 애매하게 쓰지 말고 차라리 모아보자고 결심했다.

그렇게 인생 최초로 돈 모으기가 시작되었다. 그간의 새해 계획이라고 하면 일기 쓰기, 운동하기, 책 많이 읽기, 매일 크로키 하기가 대부분이었는데 이번에는 달랐다. 올해 목표는 1억 원 모으기. 1억 원에는 0이 대체 몇 개가 들어가는가(세어보니 0이 8개였다). 통장에 찍힌 적도, 이체한 적도, 만진 적도 아니, 살면서 실제로 본 적 자체가 없는 액수. 내 친구가 사는 집은 6억 원이라는데 나는 N천만 원에 N십만 원의 월셋집에 산다.

돈 모으는 방법은 두 가지다. 첫 번째는 절약하기, 두 번째는 많이 벌기. 절약은 내 특기다. 버스비가 없어 광화문에서 홍대까지 걸어 다닌 시절이 수년이고 여행 가서 샌드위치 하나로 하루를 버티길 수십 번. 돈 아끼는 법은 몸에 뱄는데, 많이 버는 법은 모르겠다. 평범한 일러스트레이터에 불과한 내가 그림을 한 장, 두 장 그리며 1억 원을 모으려면 대체 몇 장을 그려야 하는 것인가? 세어보는 것조차 막막했다. 돈을 모으기 전에 손목과 허리가 먼저 망가질지 모른다. 하지만 살다 보면 생각지 못한 기회나 행운이 올 수도 있고 무엇보다 목표는 목표일 뿐이니까 새해 계획으로 1억 모으기를 정한 것이다. 반쯤 농담이었고 반쯤 진담이었다. 1억 원에서 집 보증금과 은행에 묵혀둔 100원 단위의 돈까지 샅샅이 털어서 현재 나의 총 재산을 빼고, 12개월로 나눈 다음, 매달 고정지출과 생활비를 더했더니, 한 달에 내가 얼마를 벌어야 1억 원을 모을 수 있는지 계산이 나왔다. 물론 택도 없었다. 이번 달에는 그 금액의 반의반의 반도 벌지 못했다. 하지만 당장 이루지 못했다고 목표를 내버릴 필요는 없다.

놀랍게도 1억 원이라는 허무맹랑하지만 구체적인 목표를 잡자 좋은 변화들이 생겼다. 수입/지출 내역을 구체적으로 분류해 가계부에 꼬박꼬박 기록하기 시작했고, 어디서 돈이 새어나가는지, 어떤 일이 노동 대비 수입이 많은지 알게 되었다. 돈을 어떻게 벌고 쓰고 모아야 할지 어렴풋하게나마 계획을 세웠다.

1년 뒤 내 통장에 어떤 숫자가 찍혀 있을지 모르지만 아직 가져본 적 없는 큰돈을 상상하는 것만으로 힘이 난다. 열심히 일할 수 있을 것 같은 기분이다.

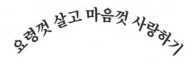

요령껏 살고 마음껏 사랑하기

"오늘이 마지막인 것처럼 살아라" 같은 크고 무서운 말보다는 "할 수 있는 만큼만 하자" 같은 작고 귀여운 말과 함께 매일 실천하는 힘이 더 크다.

하던 대로, 살던 대로 또 일주일이 지났다. 공저로 참여한 책이 출간되면서 틈틈이 홍보했고, 출간계약서에 도장을 찍었다. 준비 중인 그림 프로젝트의 시안을 전달했고, 지난달에 표지 그림을 그린 책이 예약 판매에 들어갔다. 다른 작가의 책에 그림을 더하는 일을 수락했고, 새로운 제안이 와서 기획서를 보내고 미팅 날짜를 잡았다.

이렇게 나열하고 보면 얼핏 수월하게 일하는 것처

럼 보일 수 있으나 전혀 그렇지 않다. 원고는 80퍼센트를 써 놓고 마감하기 사흘 전에 뒤엎고 울면서 다시 썼다. 출간계약서에 날인하기 전까지 수십 통의 메일을 주고받으며 내 한계치를 가늠하고, 밤새워 그림을 그리고 버리기를 반복했다. 기획서는 몇 주에 걸쳐 목차를 정리했고, 원고 몇 꼭지를 추가로 썼다. 작업 의뢰는 일정과 단가 조정 문제로 실랑이가 자주 오가고, 새로운 제안과 프로젝트는 기대보다 걱정이 앞선다.

이제는 성취가 마냥 달콤하지만은 않다. 예전에는 그저 인정받고 싶고 칭찬받고 싶고 돈을 많이 벌고 싶었다. 한때 성취감에 취할 때도 있었지만, 성에 차지 않는 피드백에 금세 공허해졌다. 어쩌면 다 욕심이고 결과를 지나치게 기대한 탓일지 모른다. 돌이켜보면 그때의 나는 열정적으로 소비한 과거의 시간을 보상받고 싶었던 것 같다. 열심히 한다고 무조건 다 잘되는 것도 아니어서 욕심을 낼수록 속이 아렸다. 그렇다면 돈을 많이 버는 것도 아니고 성취감도 예전 같지 않은데, 이 일을 계속하는 원동력은 무엇일까.

바로 시간이다. 그 안에 하루하루를 연결하는 가늘고 긴 감각이 있다. 결과보다 과정에서 얻는 확실한 기뿜, 가치 있는 것을 만들고자 하는 긴장감, 제대로 살고 있다는 생동감이 촘촘하게 이어져 있다. 아침에 눈을 떠서 할 일이 있다는 건 내 시간의 쓸모를 느낄 수 있는 일이기도 하다.

그래서 모든 체력과 정신력을 끌어모아 시간에 채워 넣는다. 돈 대신 시간을 택한 나는 일정을 요령껏 조절해 여행을 길게 다녀오고 하루 일과를 마음대로 바꾼다. 그 대신 내가 누릴 수 있는 자유의 양만큼 해야 할 일을 엄격하게 해낸다. 돈이나 성취에 대한 크나큰 욕심을 내려놓고, 작은 즐거움에 마음을 쓴다.

나를 절대 배신하지 않는 것들, 예를 들어 카페 안에 흐르는 멋진 노래를 발견하는 것, 마음에 쏙 드는 물건을 사서 잘 쓰는 것, 내게 어울리는 옷을 입는 것, 공부해서 소소한 시험에 합격하는 것, 새로운 언어와 기술을 배우는 것, 좋아하는 작가의 책을 읽고 메모하는 것, 자전거를 타고 골목을 돌다가 분홍색 노을을 마주하는 것, 종일 머리를 쥐어짜며 쓴 글을 귀가하는 길에 독자의 마음으로 다시 읽는 것. 그리고 그 시간들을 계속 기록하는 것. 아, 생각만 해도 기분 좋아지는 일들이다.

오랜만에 맨발에 슬리퍼를 신고 외출했다. 반팔 티에 가벼운 셔츠를 하나 걸쳐 입고 집을 나섰는데 따뜻한 햇살이 얼굴에 닿았다. 아파트 주차장에는 고양이가 졸고 있고 반짝이는 나뭇잎이 바람에 살랑거렸다. 그 장면을 사진으로 찍었다. 카페에서 저녁 늦게까지 글을 쓰고 집으로 돌아가는 길에 본 달도 참 예뻤다.

여름이 온다. 기분이 좋다. 문득 한강의 여름밤이 그리워졌다. 다시 또 마음껏 인생을 낭비하고 싶다. 내일은 이 마음을 글로 써야겠다. 이것이 바로 내가 사랑하는 작은 성취와 큰 즐거움이다.

플라이 투 더 문

과학자, 선생님, 대통령, 화가⋯⋯.

어린 시절에는 장래희망이 자주 바뀌었다. 하지만 과학 점수는 최하위였고, 선생님은 지쳐 보였고, 대통령은 어려워 보였으며, 화가는 가난해 보였다. 그리고 서른여섯의 나는 한 번도 꿈꾼 적 없던 작가라는 직업으로 살고 있다. 만약 공룡 화석 연구가, 경비행기 조종사, 국제 구호협회 대표 같은 걸 꿈꿨다면 어땠을까. 지금쯤 다른 삶을 살고 있을까.

모로코를 여행할 때 매일 밤 은하수를 올려다보면서 전자책에 담아간 『우주형제』라는 만화책을 봤다. 꼭 달에 가자며 밤하늘의 별을 보고 약속했던 형제가 우주 비행사가 되는 이야기다. 강연장에서 눈을 반짝이며 맨 앞자리에 앉아 있는 형제를 향해 현직 우주 비행사가 말한다. 우주 비행사라는 꿈이 아주 크고 거대한 문으로 보여서 대부분 사람들은 절대 열 수 없을 거라 지레짐작하고 포기한다고. 하지만 크고 거대한 문이라는 것은 사실 존재하지 않으며 우리는 눈앞의 작은 문만 열면 된다. 그 문을 열면 또 다른 문을 열고…… 그렇게 작은 문을 계속 열다 보면 어느새 당신은 우주 한가운데 있을지도 모른다고. 형제는 체력 테스트, 팀워크 테스트, 무중력 훈련과 예상치 못한 고난을 맞닥뜨린 끝에 결국 우주에 간다. 작은 문과 작은 문이 더해져 꿈이라는 큰 문을 활짝 연 것이다.

그동안 나는 몇 개의 문을 통과해왔을까. 학창 시절 중간고사와 기말고사, 수능과 미대 입시, 대학 과제, 카페 아르바이트, 첫 그림 외주, 첫 번째 글쓰기, 책 세 권 쓰기 등 수없이 많은 문을 열면서 살아온 것 같다.

모두가 문을 열면서 산다. 모양과 무게도, 여는 방식이나 속도도 제각기 다르다. 각자 이루고 싶고 잘하고 싶은 것들이 있다. 간절할수록 어렵고 막막하다. 하지만 결과는 생각하지 않는 편이 낫다. 내가 쓴 책이 출간하자마자 100만 부가 팔리는 베스트셀러가 되기를 꿈꾸지만, 지금은 그저 한 시간 더 글을 쓸 뿐이다. 한 권의 책이 결코 끝이 아니기에 다음을 위한 글을 쓴다. 아무것도 아닌 순간도 어떤 의미로든 남으리라 믿는다. 의미 없던 단어가 시간을 따라 차곡차곡 쌓이다 보면 언젠가 새로운 가치를 지닌 무언가가 되는 것을 이미 겪지 않았던가.

앞에 있는 문이 꿈쩍하지 않더라도, 혹여 문을 잘못 여는 허튼 짓을 하고 있는 건 아닌지 두려워도 내가 할 수 있는 건 문을 열기 위해 노력하는 일뿐이다. 아직도 열어야 할 문이 많지만 당장은 바로 앞의 문을 열기로 한다. 힘에 겨우면 잠시 쉬기도 하면서, 계속, 계속 연다. 비행사의 꿈을 이룬 형제처럼 언젠가는 나의 우주에 가 닿기를 염원하면서.

오래 달리기를 하는 것처럼

보너스 같은 하루가 생겼다. 사랑니를 뽑으러 간다고 동네방네 소문을 내고, 밤을 새워 겨우 마감을 끝낸 아침에 일기를 쓰다가 알았다. 치과를 예약한 날은 오늘이 아니라 내일이었다는 사실을. 갑자기 흐린 눈이 번쩍 뜨이고 긴장이 풀렸다.

모처럼 찾아온 일정 없는 오늘을 어떻게 보낼까! 연이은 미팅과 그림 마감, 원고 청탁 하나가 줄지은 빼곡한 일정 사이에 생각지도 못한 빈칸이 주어졌다. 예전 같으면 '오늘은 숨만 쉬는 날로 정했어'라며 온종일 잠이나 자고, 치킨을 시켜 먹으며 TV나 봤을 것이다. 하지만 오늘은 벌떡 일어나 곧장 밖으로 나왔다. 예상치 못한 선물 같은 시간에 신이 나고 들떠서 외출했다기보다 오히려 풀어질 듯한 긴장의 끈을 살짝 조이기 위해 자리에서 일어났다는 게 적합한 표현일 것 같다.

요즘 나는 오래 달리기를 하듯이 일하고 있다. 초반에는 숨이 턱 끝까지 차올라 헉헉대다가 어느 지점부터 호흡이 정돈되어 일정한 페이스를 유지하는 오래 달리기처럼, 안정된 감각으로 '오래 일하기'를 하는 중이다. 어떠한 기대나 새로운 자극을 바라지 않고 한없이 늘어지지도 않으면서 긴장과 평화 사이를 왕복한다. 그래서 보너스처럼 주어진 빈 하루도 긴장이 팽팽한 상태를 유지하고 싶었다. 자유라는 가면을 쓴 게으름에 지지 않게 되었다고 할까.

일과 쉼의 적정선을 지켜내는 것은 매우 중요하다. 그러려면 자신이 가진 에너지의 총량과 경계를 알아야 하는데, 특히 나는 체력과 정신력에 한계가 분명해서 뭔가에 깊이 몰두하면 다른 것에 어김없이 소홀해지고 만다. 한창 일에 빠져 있으면 먹는 것과 자는 것을 가장 먼저 포기한다. 허기가 져도 상관하지 않고 끼니를 건너뛰기 일쑤고, 밤샘 작업을 며칠씩 이어간다. 일할 때에는 소모적인 만남이 귀찮고, 나를 그럴듯하게 치장하고 싶은 욕망도 사라진다. 평소에는 따뜻하고 다정한 사람이어도 이럴 때에는 꽤 차갑고 무심하다. 하지만 식사와 수면의 질이 떨어지면 일상에 문제가 생긴다. 건강이 나빠지고 인간관계에서 실수나 잘못을 저지를 수도 있다. 그렇기에 어떤 상태든 지나치게 몰두하는 것은 위험하다. 항상 반대의 상황을 염두에 두고 경계심을 가져야 한다.

프리랜서로 지금까지 버티면서 알게 된, 나를 지키며 일하는 나만의 방법이 있다. 바로 나를 최우선에 두고, 일은 일로써 뒷받침하기. 이 법칙 아래 스스로 약속했다.

매일 조금이라도 글을 쓰기.

다이어리에 일정을 꼼꼼하게 기록하기.

일주일에 두 번 운동하기.

영양가 있는 음식을 챙겨 먹기.

자고 일어나는 시간 지키기.

일할 때는 온전히 집중하기.

할 수 없다고 말하지 않기.

해낼 수 있다고 믿기.

아무도 간섭하지 않는 자유로운 삶에 엄격한 기준과 명확한 목표를 세우고 최선을 다해 노력한다. 일을 하다가 지치면 내 삶에 무언가를 남겼던 결과들을 돌이켜본다. 쉬는 것도 나 자신을 돌보는 것임을 인지한다. 오래오래 일하며 살고 싶다. 그 무엇보다 나 자신을 위해.

갑자기 생긴 휴일에 어딘가 놀러 가도 되고, 누군가를 만나도 되고, 푹 쉴 수도 있었지만 원래 속도를 유지했다. 어느새 가슴께까지 자란 머리카락을 쓸어 넘기며 듬성듬성 찾아오는 외로움을 흘려보냈다. 종일 말 한마디 하지 않았지만, 입 속에 머금고 있던 단어들을 손가락으로 옮겨 글을 썼다.

적당한 긴장감과 무료함, 무난한 리듬 속에서 일정한 속도로 달리는 기분을 만끽했다. 다이어리 빈칸에 '오늘도'라는 단어로 시작하는 메모를 적었다.

돈과 노력이 드는 인생 성장기

바이크를 샀다. 친구가 "바이크를 팔려고……"라고 말하는 순간 "내가 살게!" 하고 그 자리에서 바로 입금했다. 다음 날에 받은 친구의 바이크는 예뻤다. 때마침 7년을 탄 자전거가 비실비실 수명을 다해가던 차였다. 그런데 문제가 하나 있었다. 나는 면허가 없었다.

그동안 월세 내고 학자금 갚기 바빠 면허는 생각조차 해본 적 없었다. 주위 친구들은 내가 빨리 면허를 따길 원했다. 맥주를 한 모금도 마시지 않지만 술자리에 끝까지 남아 있는 나는 누군가를 대신해 운전해줄 최고의 술친구였기 때문이다. 친구들의 성화에도 불구하고 술도 안 마시고 운전에 관심도 없이 어영부영 세월이 흘렀다. 그런 내가 면허를 따겠다고 결심한 것이다. 무려 바이크를 타기 위해!

시뮬레이션 화면을 앞에 두고 게임하듯이 운전을 연습하는 실내 운전면허 학원에 등록했다. 햇살 좋은 오후, 학원에 도착하니 2층 건물 한가운데 덩그러니 놓인 파란색 자동차 기계가 자못 뻘쭘해 보였다. "이게 기어고요, 이건 사이드 브레이크, 시동은 오른쪽에……"라며 선생님은 기본 지식부터 하나씩 알려줬다. 면허시험장과 동일하다는 모니터 속 어설픈 그래픽은 중간중간 픽셀이 깨져 있었다. 사이드 미러는 화면 속에 있었다.

나는 진동도, 달리는 바람도 없는, 정지된 자동차 기계에 앉아 난생처음 운전 아니, 운전 게임을 시작했다. 이것저것 눌러보고 막 액셀을 밟는데 선생님이 "그러면 사고 납니다"라고 말했다. 하지만 현실의 나는 1밀리미터도 전진하지 않고 모니터 앞에서 아주 안전하게 제자리에 앉아 있을 뿐이었다. 기능시험을 보는 날, 친구들의 격려를 등에 업고 호기롭게 면허시험장에 들어섰다. 그리고 자동차 문을 여는 순간 알았다.

아뿔싸. 나 지금, 진짜 차는 처음이지? 한번도 운전석에 앉아본 적 없잖아?

시험을 시작한다는 소리와 함께 심장이 미친듯이 뛰었다. 모든 게 달랐다. 진짜 차의 무게, 진동, 문과 창문의 밀폐감, 눈앞에 펼쳐진 회색 도로, 사이드 미러의 높이…… 게임은 게임이고, 실전은 현실이었다. 당황해서 식은땀 범벅이 된 채 시동을 걸고 출발했다. 바로 안내음이 흘러나왔다.

"불합격입니다."

당연했다. 실내 운전면허 학원에서 알려주는 공식을 달달 외웠지만 그건 가상현실이었고 여긴 현실이었다. 이제 와서 다른 학원에 등록하자니 돈이 아까워 막무가내로 두 번째 시험을 봤다. 응시료 2만 2,000원을 내고 9분짜리 기능 지옥 티켓을 끊은 것만 같았다. 또 불합격. 안 되겠다 싶어 친구들에게 도움을 요청했다. 한밤중에 텅 빈 공원 주차장 구석에서 핸들을 돌려보고 브레이크를 밟아 보았다. 주차 라인에서 차를 뺐다 넣었다. 친구 차에 흠집이라도 낼까 얼마나 긴장되던지 '자동차는 이런 것이구나' 하며 절로 겸손해졌다. 세 번째 시험은 시간 초과로 떨어졌고 네 번째 시험에서 90

점을 맞고 드디어 통과했다. "축하합니다. 봉현 님. 합격입니다"라는 안내음을 듣고 탄성을 지르며 차에서 내렸다. 시험관에게 "감사합니다, 저 네 번째예요"라며 여러 차례 인사했다. 세 번의 불합격을 거치고 목에 건 감격의 합격 목걸이! 그리고 동시에 면허증을 향한 모든 의욕이 사라졌다. 그 뒤로 3개월이 지나 도로주행 학원을 등록했다.

첫 번째 주행 수업을 듣는 날이 다가왔다. "봉현 씨?"하고 내 이름을 부르는 선생님 뒤를 쫄래쫄래 따라갔다. 선생님은 64번 차 보조석의 문을 열면서 말했다.

"운전석에 앉으세요."

"아! 그렇죠? 운전석에 앉아야 하죠? 제가 운전하는 거죠?"

시키는 대로 운전석에 안전벨트를 매고 앉았다. 선생님은 묻지도 따지지도 않고 시동을 걸라고 했다. 그 말에 내 몸은 자동으로 브레이크를 밟고 키를 돌려 시동을 넣고 사이드 브레이크를 내리고 기어를 바꿨다. 놀랍게도 자연스럽게 손이 움직였다. 그래! 이거 기능 수업에서 배웠어! 자동으로 움직이는 스스로가 놀라울 따름이 었다. 자전거를 한번 타게 되면 평생 그 감각이 몸에 배고, 수영을 한번 배우면 물속에서 자연스럽게 헤엄치게 되는 원리와 같은 걸까. 몇 개월 동안 운전을 외면하고 살았는데 내 몸과 머릿속에 자동차 작동법이 존재하다니. 신기했다.

"자, 그럼 나가볼까요?"
"네."

사뭇 진지한 표정으로 출발했지만 머릿속 봉현의 세포들이 '도로를 나간다고?'라며 난리법석을 떨었다. 도로 위에서 사람이 보이면 멈추고, 미리 깜빡이를 켜고 타이밍에 맞춰 차선을 변경하고, 신호를 지켜가며 운전대를 잡고 나아갔다. '잘하는 게 중요한 게 아니라 사고 나지 않는 것. 가르쳐주는 대로 천천히 하는 것. 지켜야 하는 것을 지키는 것. 무리하지 않고 조심하는 것' 같은 말을 속으로 되뇌며 차분하게 도로를 돌았다. 정규 수업 여섯 시간이 끝나고 두 시간 수업을 추가로 등록했다. 돈을 더 써서 제대로 배우고 싶었다. 합격만 하면 OK였던 기능시험 때의 나태한 마음가짐과 달리 조금 의연해졌다.

주행시험을 보던 날의 기억이 선명하다. 오후 5시가 넘은 시각, 운전자로서는 처음 겪는 퇴근 시간의 도로였다. 차가 많아서 실수하지 않을까, 신호가 잘 보이지 않으면 어떻게 해야 할지 걱정됐다. 심지어 합격률이 가장 낮은 코스에 걸렸다. 시험은 시작되었고 천천히 학원을 나와 차선을 변경하고 첫 번째 유턴 후 규정 속도를 지키며 도로를 달리고, 두 번의 고비를 무사히 지나 언덕길로 올랐다. 그리고 큰 다리로 진입하기 직전의 순간이었다.

차창으로 진하고 노란 햇빛이 가득 들어왔다. 노을이 지고 있었다. 중요한 시험을 치르는 중이었지만 눈앞의 풍경이 너무 아름다워서 감탄했다. 노을 같은 건 지겹도록 봤는데, 특별하지 않은 노을인데, 완전히 다르게 느껴졌다. 내가 운전하는 차에서 보는 노을은 처음이었다. 환한 햇빛을 받자 긴장감과 더해져 온몸의 감각이 곤두섰고, 옅은 소름이 돋아 전기가 오는 듯한 기분이 들었다.

무언가를 처음 경험할 때, 익숙하던 순간이 특별하게 다가올 때, 미처 몰랐던 세상을 마주할 때, 낯선 감정을 느낄 때, 삶은 새로워진다. 지루하기 짝이 없던 삶이, 이젠 더 이상 새로운 것도 모르는 것도 없다고 단언하던 나를 비웃듯이, 신선한 생의 순간은 생각지도 못한 방법으로 내게 들어온다.

자전거를 처음 탔던 날이 떠올랐다. 몇 번을 넘어지고 일어나 다시 한번 페달을 밟던 열두 살의 여름. 사흘을 꼬박 연습하고 나서야 넘어지지 않고 앞으로 쭉 나아가던 첫 순간. 자전거를 타면 내게만 불어오던 바람의 느낌. 자전거를 타며 수많은 기쁨을 누렸다. 그리고 나는 또 새로운 세상에 입성했다. 운전을 잘하고 싶다. 다시 한번 그 노을이 보고 싶다. 한강의 야경을 옆에 두고 달리고 싶다. 좋아하는 음악을 들으면서 운전하고 싶다. 두근거렸다. 아직 내가 경험해보지 못한 새로운 것이 미래에 있구나. 내가 모르는 미래가 내 앞에 있어! 나는 미래를 향해 현재를 달리는 중이었다.

우여곡절 끝에 결국 운전면허증이 생겼다. 20대에는 여유가 없어 생각도 못 했지만 30대의 내가 대신 면허를 취득했으니 그것으로 됐다. 인생의 성장에 정해진 때란 없다. 자전거가 익숙해졌듯이 시간이 지나면 운전도 일상이 되어 무덤덤해지는 날이 오겠지. 그 사이에 여러 행복과 경험들이 겹겹이 내 안에 쌓이겠지. 그러고 나면 또 다른 도전과 함께 새롭게 배우고 몇 번이나 실패하고 여러 번 좌절할 것이다. 예전처럼, 지금처럼, 새로운 삶의 자극과 성장을 꿈꾼다. 아, 죽을 때까지 인생은 계속 성장기일 것 같다.

단정한 반복이 나를 살릴 거야

당신의 에너지 등급

며칠째 집 밖으로 한 발자국도 안 나갔다. 쓰레기를 버리러 나가야 하는데 오르내려야 하는 5층짜리 계단이 험난하고 높게만 느껴진다. 괜스레 창문을 활짝 열어본다. 오늘은 날씨도 왜 이리 좋담. 사흘 동안 머리를 감지 않아 꼬질꼬질한 모습만큼 기분도 꼬질꼬질하다.

요즘 나는 연비가 아주 엉망이다. 나가는 것도, 씻고 준비하는 것도 귀찮다. 꾀죄죄하고 게으른 상태로 혼자 먹고, 자고, 일하는 단순한 루틴이 최선처럼 느껴진다. 오랜만에 외출하는 날이면 은행을 가거나 건전지나 두부를 사는 등 나간 김에 처리해야 할 일들을 몽땅 해결한다. 그렇게 잡무를 해치우고 집에 돌아오면 아무것도 하지 못하고 멍하니 쉰다.

20대 때에는 하루가 참 길었다. 꼼꼼히 씻고 정성 들여 화장하고 시장에 들러 과일을 사 먹고 구두 신고 학교 여기저기를 뛰어다니며 수업을 들었다. 정문에 있는 식당에서 점심을 먹고 후문에 위치한 카페에서 커피를 산 뒤 과방으로 돌아와 친구들과 과제를 하고 쇼핑하러 갔다가 저녁을 먹고 술도 마셨다. 온종일 누군가를 만나고 무언가를 계속 했다. 뭘 하든 기대와 충만으로 몸이 근질근질하던 시절이었다. 요즘은 청소만 하다 끝나는 하루도 있고, 밥만 두 끼 먹고 끝나는 날도 있다. 누워서 휴대폰만 들여다보다가 해가 지고, 책 한 권 읽는 데 한 달이 걸리기도 한다. 하루에 백 보도 걷지 않고 말 한마디 안 하는 날이 대부분이다. 가끔은 숨만 겨우 쉬는 것 같다.

에너지 총량이 조금씩 줄어들고 있다. 신체 능력이 줄어드는 것만큼 정신의 원동력도 달라졌다. 뇌 공간의 파티션 비율이 달라진 것 같달까. 낯선 사람을 만나 새로운 경험을 하며 자극받던 영역은 좁아지고, 익숙한 것에 안주하는 영역이 넓어졌다. 기름칠을 하고 레버를 돌려 엔진을 간신히 가동하지만 효율이 낮아 금세 멈춘다. 그럴수록 시간과 에너지를 잘 분배해야 한다. 해야 할 일은 정해져 있는데 에너지야말로 한정되어 있으니까. 엉뚱한 일에 써버리면 정작 해야 할 일을 못 하니까. 거실 청소를 하면 화장실 청소는 다음으로 미룬다. 하루 만에 해치우는 대청소 같은 건 애초에 불가능하다. 예상치 못한 일이 생길 수 있으니 여분의 에너지를 조금 남겨둔다. 하루에 쓸 수 있는 에너지 용량이 동일하다면 좋을 텐데, 안타깝게도 매일 다르다. 잠을 못 잔 날에는 배터리 40퍼센트, 영양제가 효과 있는 날에는 배터리 80퍼센트, 생리 중일 때에는 배터리 2퍼센트. 100퍼센트인 날은 없다.

우리 집 냉장고에는 에너지 소비 효율 등급 스티커가 붙어 있다. 무려 1등급. 조금이나마 전기세를 아끼기 위해 십 몇만 원 더 주고 3등급 말고 1등급으로 샀다. 효율적인 저 녀석은 적은 양의 전기로도 알차게 일한다. 매 순간 작동해야 하는 냉장고. 언제나 차가운 온도를 유지해야 하는, 절대 멈출 수 없는 운명의 냉장고. 새하얗던 녀석이 몇 년 사이에 부쩍 꼬질꼬질해졌다. 끙끙거리는 소리가 점점 커지고 가끔 나 몰래 쉬는 거 같은

데…… 괜찮아. 처음처럼 언제나 힘이 넘치게 살 수는 없어. 그동안 열심히 네 몫을 다해왔는데, 닳고 낡는 게 당연한 거야.

여기저기 뛰어다니며 넘치는 힘을 주체하지 못했던 예전의 나는 아마 1등급 스티커를 붙이고 다니지 않았을까. 이제는 달리는 대신 천천히 걷는다. 골목 구석구석을 다니며 알아낸 지도에 맞춰 지름길로 걷는다.

에너지는 적지만 효율적으로 목적지를 향해 갈 수 있다. 느린데 오히려 더 빨리 도착하기도 한다. 지금 나한테는 아마 4등급, 아주 가끔 3등급 스티커가 붙어 있을 것 같다. 나쁘지 않은 효율이다.

실패를 계획하면 생기는 일

계획을 자주 변경한다. 우선순위가 무엇인지 계산하고, 하루와 일주일을 계획한다. 그 계획이 언제든 바뀔 수 있음을 염두에 두고 누군가에게 폐를 끼치거나 손해를 감수해야 하는 일이 아니라면 최대한 여유롭게 일정을 잡아 미처 예상하지 못한 상황에 대비한다. 무엇보다 내 몸과 마음을 괴롭히지 않는 한도 내에서 한다. 일하는 도중에 스트레스를 받는 상황을 예상해 쉬는 시간까지 붙여 넣는 것까지가 내 일정이다. 한정된 시간만큼 체력과 정신력에도 한계가 있기에 모든 것을 쏟아낼 수 없다. 욕심만 앞서 스스로 몰아붙이다 오히려 엉망진창이 된 적이 있다. 내 능력의 정도를 모르고, 최소 열흘은 걸릴 일을 일주일 안에 끝내겠다고 단언했다가 결국 몸 저누운 적도 있다. 당시엔 마음만 먹으면 다 할 수 있을 줄 알았다. 그런 착각은 나를 혹사시킨다.

　　무엇보다 가장 중요한 것은 최선을 다하는 것. 대충 하지 않지만 너무 무리하지 않고, 내가 할 수 있는 만큼 최대한으로 하되 할 수 없는 부분에는 욕심내지 않으며, 그 경계를 지켜 시작하고 마무리를 지을 줄 아는 것이다.

— 봉현, 「나만의 공간에서 나만의 드라마」

(『할 수 있는 일을 하고 있습니다』, 세미콜론 2021) 중에서

　　별것 아니라고 생각했는데 막상 맞닥뜨리니 너무 어려울 때, 단순하게 여겼던 일들이 알 수 없는 이유로 복잡하게 얽힐 때, 다들 잘만 하는 것 같은데 나는 조금 도 앞으로 나아가지 못할 때, 얼굴이 붉어질 만큼 부끄 럽고 나한테 화가 난다. 노력해도 안 되는 건 안 되는 걸 까. 하지만 누구를 탓하랴. 탓해봤자 소용없다. 포기하 거나 계속하거나 둘 중 하나다.

　　할 수 없는 것은 놔두고 내가 할 수 있는 일을 찾는 다. 그리고 해나간다. 절대 안 된다는 것을 재확인하게

될지라도 고개를 빳빳이 들고 허리를 펴고 한 걸음씩 걷는다.

실패하지 않고 해낼 수 없다면, 차라리 실패도 계획의 일부라고 합리화하면 어떨까. 계획에 실패를 넣으면 좌절하지 않는다. 계획된 실패였으니까, 성공하기 위해 실패했다고 생각하면 정말 괜찮아진다.

밤마다 책상 앞에 앉아 오늘의 성취를 기록하고 실패에 밑줄을 그어보자. 그리고 내일의 계획을 적어보자. 계획은 자주 지워지고 다른 단어로 교체되겠지만, 할 수 있는 일로 채워본다. 그건 내일의 나에게 오늘의 내가 전하는 인사. 오늘의 나는 실패했지만 내일의 나에게 성공을 부탁하면서 일기장을 덮는다.

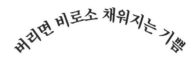

버리면 비로소 채워지는 기쁨

사건의 발단은 열흘 전이었다. 친구가 전화해서 다짜고
자 물었다.

"무슨 일이게?"
"설마!"

질문을 받고 0.1초 후에 바로 소리쳤다. 그렇다. 친
구 부부에게 아기가 생긴 것이다. 스무 살 때와 별반 다
를 바 없이 철없는 우리인데, 부모가 된다니. 왠지 좀
싱숭생숭해졌다. 주위 사람들이 결혼하거나 육아를 하
고, 승진이나 이직을 한다든가 차나 집을 사는 등 인생

의 단계를 차근차근 밟아나간다. 나는 여전히 제자리인 것 같은데 인생은 자꾸 저만치 흘러간다. 사는 환경도 경제적 상황도 달라진 게 없다. 이전 집에서 5년을 살았고, 지금 집에서 산 지 어느새 4년이 넘었다. 월세살이에 차도 없고 여윳돈도 없다. 이대로 괜찮을까.

변화가 필요했다. 고개를 돌려 주위를 살피니 가장 먼저 집이 눈에 들어왔다. 익숙한 일상의 중심에 있는 나의 집, 편안하고 소중한 공간이지만 때로는 지겹고 답답한 곳. 이 집에 처음 이사 올 때 들였던 새 가구들은 낡고, 하얗게 칠했던 벽들은 햇빛에 바랬다. 그래, 여기부터 바꿔보자.

버리기

책상　　4년 전 빈티지 숍에서 70만 원 넘게 주고 샀던 네덜란드 책상. 컴퓨터와 종이의 무게를 지탱했던 크고 든든한 책상. 이 책상 위에서 얼마나 많은 그림을 그리고 글을 쓰며 시간을 보냈던가. 가장 중요한 가구인 만큼 책상을 바꾸는 게 제일 큰 변화일 것 같았다. 특이하고 크기가 만만치 않아서 어떻게 해야 하나 싶었지만 걱정과 달리 트위터에 판매 글을 올렸더니 하루 만에 주인을 찾았다. 기쁘게도 웹툰 작가님이다. 너는 작업자의 책상인 운명이구나. 반질반질하게 닳은 책상을 쓰다듬었다. 용달차에 실어 보내면서 마지막 인사를 건넸다. 안녕, 그동안 고마웠어. 다른 곳에서 누군가의 멋진 작업 메이트가 되렴.

소파　누워서 TV도 보고 낮잠도 잤다. 참 편안하고 따스했는데 커버가 다 해져서 더 이상 사용할 수 없는 지경이었다. 동사무소에 가서 폐기물 신고를 하고 내놓았다. 거리에 덩그러니 놓인 소파를 보니 기분이 이상해서 몇 번이고 뒤돌아봤다. 저녁쯤엔 흔적도 없이 사라졌다.

책장　가로세로로 쌓여 있던 책들을 꺼내 바닥에 내려놓다가 엄청난 양에 놀랐다. 100권 가까이 처분하고 남은 책은 500권이 훌쩍 넘어 보였다. 이렇게 줄여도 또다시 늘어나겠지만 책만큼은 평생 끌어안고 살 팔자다. 책장은 당근마켓에 2만 원에 올렸더니 바로 팔렸다.

TV 선반과 수납 선반, 접이식 의자　　당근마켓에 올리자마자 동네 주민에게 연락이 왔다. 후기 사진 속 다른 공간에 놓인 내 가구를 보니 기분이 이상했다.

종이 더미　　캐비닛 안에는 그림 그리고 글을 썼던 종이 더미가 한가득이었다. 내 인생, 종이로 시작하더니 끝끝내 종이에 둘러싸여 있구나. 부모님의 청년 시절 사진, 예전 연인의 사진, 친구와 함께 찍은 스티커 사진, 누군가가 전해준 손편지도 발견했다. 순간순간 멈출 수밖에 없었고, 자주 뭉클해졌다. 차마 버릴 수 없는 종이 위에 새겨진 마음들은 모아서 캐비닛 안쪽 깊이 숨겨두었다.

(채우기)

책상　　텅 빈 작업방은 정체성 없는 공간처럼 보였다. 갖고 싶은 책상은 너무 비싸고 내 통장은 소박했다. 미야자키 하야오 감독이나 디터람스 디자이너처럼 좋은 책상에서 평생을 보내리라 다짐했는데 아직 때가 아닌가 보다. 그 와중에 마감일이 촉박한 작업 의뢰가 들어와 임시로 10만 원짜리 이케아 책상을 사야 했다. 작업하기에는 너무 좁아서 딱 사흘간 사용하고 반값에 팔았다. 그렇게 번 돈으로 적당한 가격의 크고 튼튼한 책상을 주문했다.

소파　잭슨카멜레온 모듈 소파가 탐났지만 엄두도 내지 못할 가격이라 비슷한 디자인의 소파를 들였다. 비스듬히 눕기에 적당한, 단정하고 동그란 소파다. 좌식 책상으로 쓰던 도잠 테이블은 TV 선반으로 대체하고, 인터넷 기기들의 전선을 케이블 타이로 묶어 정리했다. 그 아래에 모로코에서 사온 카펫을 깔았다. 잘 어울렸다.

책장　기존 책장보다 두 배가 큰 책장을 샀다. 조립식이어서 친구가 도와주러 왔다. 설명서를 슬쩍 보고는 간단하다며 호기롭게 나사를 척척 박고 1/3쯤 완성했을 때, 우리는 모든 나사의 앞뒤를 잘못 끼웠다는 걸 깨달았다. 전동 드라이버와 타카(tacker)는 자취 필수품임을 다시 한번 인정하며 책장 설치를 끝냈다. 탕수육과 짜장, 짬뽕 세트를 시켜 막 이사한 사람처럼 바닥에 앉아 먹었다.

타일 카펫　　작업방에 커다란 러그를 깔고 싶어 검색하다 조립하듯 바닥 전체에 깔 수 있는 파란색 '타일 카펫'을 발견했다. 파랑을 품게 된 작업방은 이번 집 꾸미기의 가장 드라마틱한 변화였다.

조명　　인생 첫 고가의 조명을 구입했다. 배송은 한 달이 걸린다고 했다. 기다리는 시간마저 설렌다.

　가구를 버리고 물건을 정리하고 집 안 곳곳에 페인트칠을 다시 했다. 처음 이 집에 들어올 때도 페인트칠, 못질, 바닥 시공, 조명 설치까지 직접 했다. 힘들어도 하나씩 하면 못 할 일은 없다. 'I can do it'이라는 뻔하고 단순한 문장의 위대함. 말 그대로 나는 뭐든 다 할 수 있다. 틈틈이 친구들이 집에 들러 커다란 쓰레기를 같이 옮겨주거나 힘내라며 오렌지주스와 단것을 주고 갔다. 손이 닿지 않는 높은 위치에 못을 박을 때에는 올라선 의자를 단단히 잡아주고, 혼자 했으면 짜증이 났을 조립 실수도 함께하니 깔깔 웃어 넘길 수 있었다. 그야말로 'We can do it'이다.

　열흘 만에 집 정리가 끝났다. 창문을 열어젖히고 팬

○
89

○

스레 작업방과 거실을 휘적휘적 오가며 새로워진 공간을 만끽했다. 보송한 새 소파에 누워 TV를 켜서 좋아하는 예능 프로그램 「유 퀴즈 온 더 블럭」을 보는데 장항준 감독님이 나와 이런 말을 했다.

"우리가 100년을 산다면 우리 의지대로 사는 기간은 딱 10년이야. 그래도 10분의 1쯤은 내 마음대로 살아봐야 하지 않을까?"

가슴이 덜컹했다. 생각해보면 10년 아니 그보다 더 오랜 시간 동안 내 마음대로 살고 있었다. 능력의 한계와 경제적 여유와는 별개로 좋아하는 공간에서 좋아하는 것들에 둘러싸여 원하는 일을 해왔던 것이다.

지난 열흘간 누구의 간섭도 없이 오직 내 결정만으로 버리고 채운 것들처럼, 주변 친구들의 변화에 불안해하지 않고 나는 나대로 잘 살고 싶다. 그리고 인생을 비우고 채우는 이 모든 과정이 친구의 전화 한 통에 있었음을 깨닫고 무릎을 탁 쳤다.

새로운 공간에서 할 수 있는 새로운 일들이 눈에 보이기 시작했다. 때마침 선선한 바람이 집을 관통하며 불어온다. 계절이 변하고 있다.

○

대충 해도 괜찮잖아

오늘 저녁 메뉴는 직접 만든 치아바타 샌드위치로 정했다. 매번 포카치아 빵을 사던 가게 문을 열고 들어서자 왠지 모르게 포카치아가 나를 반가워하는 눈치다. 애써 다른 쪽으로 시선을 돌리며 말했다.

"저 오늘은 치아바타 빵으로 주세요!"

마트에서 수입 훈제 햄과 고급 버터, 양상추 한 통, 토마토 두 개, 에멘탈 치즈를 샀다. 샌드위치 가게에서 사 먹는 값보다 몇 배는 비싸게 장을 보고, 무거운 짐을 낑낑거리며 들고 집으로 돌아왔다. 머릿속으로 계속 치아바타 샌드위치만 떠올렸던 탓일까. 먹기도 전에 그만 질려버렸다. 샌드위치를 만들 의욕이 사라졌다. 열심히 고른 싱싱한 재료 그대로 냉장고에 넣고 크림 파스타를 배달시켰다. 그마저 절반도 채 먹지 못했다. 퉁퉁 불은 크림 파스타와 냉장고 안을 가득 채운 샌드위치 재료들을 보면서 헛웃음이 났다.

나 지금 뭐하고 있는 걸까. 딱히 나쁜 일도 없고 별다른 문제도 없는데 이상하게 이 평화가 불안했다. 어제는 잠이 안 와서 새벽 5시까지 가만히 누워만 있었다. 아무것도 하고 싶지 않은데 아무것도 하지 않는 내가 싫어서 어설프게나마 무슨 일이든 겨우 붙잡고 있었다. 평소에는 10분 정도만 시간을 들여도 충분한 업무 메일 하나를 30분 넘게 들여다본다. 책은 잘 안 읽혀서 같은 문장을 몇 번씩 읽고 또 읽었다. 이대로 안 되겠다 싶어 몸을 벌떡 일으키며 외쳤다.

"청소를 해야 하는 타이밍이야!"

스트레스를 받거나 무기력할 때 반드시 하는 일이 있다. 바로 청소. 오랜 자취 경력으로 나만의 청소 루틴이 정해져 있다. 일단 자잘한 것부터 손을 댄다. 집 안의 물건들은 전부 정해진 자리가 있어서 사용 후에는 반드시 제자리에 갖다 놓아야 한다(놔둘 자리가 없으면 사지 않는다). 물건을 하나하나 정리한 뒤, 우선 흰 빨래만 따로 세탁기를 돌린다. 세탁기가 빨래를 해주는 동안 침구를 정리하거나 먼지털이로 여기저기 쓸어낸다. 청소기로 먼지와 머리카락을 빨아들이고, 소독 스프레이를 뿌려 밀대로 바닥을 닦고, 다시 한번 물걸레로 구석구석 닦는다. 세탁기가 다 돌아가고 나면 빨래를 널고, 설거지한 그릇들은 천으로 닦아 진열장에 넣어둔다. 이렇게 차근차근 해내면 집은 완벽하게 쾌적해지고 어느새 나는 쾌활해진다.

다음 주까지 마감해야 할 작업 때문에 잠을 줄여야 할 만큼 바쁜데 아직 시작도 하지 않았다. 무력한 날들을 보내다 보니 마감일이 코앞까지 다가왔다. 시간이 없다. 진짜 시작해야 한다. 침대에서 기어 나오다시피 일어나 책상과 TV 선반을 닦고, 향수병의 먼지를 털었다. 청소기를 밀고 이불을 정리하고 룸 스프레이를 뿌렸다. 설거지를 하고 날파리가 꼬이기 시작한 음식물

쓰레기봉투를 갖다 버렸다. 대충 내린 맛없는 커피를 홀짝이며 소파에 늘어져 드라마 「슬기로운 의사생활」을 보며 몇 번을 울고 몇 번을 웃었다. 뜨거운 물에 샤워를 하고 나와 얼굴에 스킨을 바르고 비타민을 먹었다. 물을 한 컵 다 마시고 나서 드디어 책상 앞에 앉아 팔을 걷어붙였다. 내리 밤샘 작업을 한 끝에 주어진 일을 전부 마쳤다.

하루의 시작이 완벽하지 않아서 오늘 하루를 포기하고 싶을 때, 정해진 규칙과 루틴을 지켜야 한다는 강박에 매달릴 때, 어느 것 하나 제대로 끝내지 못하는 스스로를 습관적으로 책망할 때가 있다. 그럴 때에는 대충이라도 해보는 것이 어떨까. 설거지가 하기 싫으면 물로 대충 헹궈 싱크대 위에 쌓아두고, 침구를 교체할 힘이 없으면 룸 스프레이를 대충 뿌리고 자기. 원두를 갈아 커피를 내려 마시기 귀찮으면 여행용 드립백을 꺼내 대충 마시기. 일하기 싫으면 메일함의 급한 연락만 먼저 해결해놓기.

완벽할 필요는 없다고 스스로 되뇌면서 백 마디 투정과 수많은 핑계도 대보자. 그렇게 대충 하다 보면 어느새 하나씩 채워져 완벽에 가까운 때가 올 것이고, 그럼 또 아무렇지 않게 끝까지 해내고 있는 나를 발견할 것이다. 무기력하고 모든 게 귀찮아지는 때가 다시 오더라도 상관없다. 스스로에게 물어보면 된다.

"지금 할 수 있는 게 뭘까? 그거부터 해볼까? 안 되겠으면 안 해도 되고, 못 하겠으면 못 해도 돼. 할 수 있을 때 하면 되니까 그때 하자. 별거 아닌 것부터 해보자. 대충, 해보자."

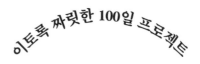

이토록 짜릿한 100일 프로젝트

"9월 23일부터 12월 마지막 날까지 딱 100일 남았대요."

솔깃했다. 지인이 '100일 프로젝트'라는 단체 메시지 방을 만들었고 나도 같이 하기로 했다. 9월 23일에 첫 번째 그림을 그리는 순간 이미 알았다. 나는 단 하루도 빼먹지 않고 그림을 그려 12월 31일까지 100일을 꽉꽉 채울 거라는 걸.

공저로 참여한 『좋아한다고 말할 수 없었어』가 출간되고 엄마한테 전화가 왔었다. "우리 딸, 고생했구나. 책을 읽고 나니 네가 그렇게까지 힘들어한 줄은 몰랐어"

로 시작해 "그래도 우리 딸은 창의력이 뛰어나고 재능이 있어서 지금 잘하고 있는 거지!"라는 말로 이어졌다. 조금 망설이다 냉정한 목소리로 답했다.

"아니야, 엄마. 나한테 창의력 같은 건 없어. 예전에는 재능을 갈망하며 예술가를 꿈꿨는데, 하면 할수록 명확해져. 나한테 그런 건 없어. 근데 나도 몰랐는데 말이야. 엄마 딸은 무책임한 사람인 줄 알았는데 그게 아니었어. 생각보다 끈기 있고 노력할 줄 알더라."

어릴 적 나는 게을렀다. 꾸준히 하는 것 없이 금세 흥미를 잃곤 했는데 유일하게 집착했던 게 그림이었다. 그림은 나의 전부였다. 잘 그리고 싶어 몇 날 며칠 밤을 지새우며 매달렸고 습작으로 한 달에 스케치북 한 권씩 꽉 채웠다. 안 해본 재료를 써보고 다른 그림을 따라 그리고 자꾸만 까먹는 해부학도 계속 공부했다. 그림을 잘 그리는 건 너무 어려웠지만 그래서 더 좋았다. 좋아하는 만큼 잘하고 싶은 마음은 복수에 칼 가는 사람처럼 독기를 품게 한다. 어디 한번 해보자는 마음으로 손가락에 물집이 터지도록 그림을 그렸다. 반복해서 노력하면 무엇이든 남는다는 확신이 있었다.

　수천 장의 크로키를 강제로 그려야 했던 열아홉 살 입시 생활은 원하는 대학 합격 소식으로 마무리되었고, 20대에 떠난 2년간의 세계 여행에서 스케치북 스물다섯 권을 꽉 채워 첫 책『나는 아주, 예쁘게 웃었다』를 냈다. 1,800원짜리 무인양품 공책에 볼펜과 연필, 네임펜으로 작업한 그림일기로 책『오늘 내가 마음에 든다』를 썼다. 수행에 몰입하는 무도인처럼 한번 습작을 시작하면 미친 사람처럼 그림을 그려나갔다. 아무리 피곤해도 하루에 20~30분씩 시간을 쪼개 그림을 그렸다. 알바를 하다가 쉬는 시간에 짬을 내 그리고, 길가에 쪼그리고 앉아서 그리고, 밥 먹다가 친구에게 양해를 구하고 잠시 다른 테이블로 자리를 옮겨서 그렸다. '이렇게까지 해야 해?'라고 생각한 적은 한번도 없었다.

　그림을 평생 그려온 나도 한동안 그리지 않으면 손이 굳는다. 매일 단련하지 않으면 안 되는 운동선수와 다를 바 없다. 그림은 머리보다 손에 익은 감각이 90퍼센트다.

　내가 정한 100일 프로젝트는 '오늘의 나 그리기'다. '100 days me'라는 제목으로 100일간의 여정을 시작했다. 첫 일주일은 엉망이었다. 잘 그려지지 않아서 연필, 마카, 색연필 등을 써봤다. 다양한 재료를 쓰면 그림이 좀 있어 보이지 않을까 하는 꼼수였다. 나를 어떻게 그려야 할지 몰라서 귀엽게도 그려보고 간결하게도 그려봤다. 다 마음에 들지 않았다. 결국 정직한 도구를 집어들었다. 검은색, 회색 볼펜과 싸구려 종이. 오래전 그림일기를 그릴 때와 같았다. 방향성이 잡히면서 형태가 다듬어졌고 균일한 톤의 그림이 모이기 시작했다. 어느덧 습관이 들면서 저녁을 먹고 난 후 혹은 잠자리에 들기 전에 책상에 앉아 그리는 게 하루 일과로 자리 잡았다.

어느덧 80일 차가 넘어 그림을 한데 모아 정리해보니 '오늘의 나'는 대체로 책상에 앉아 일하는 모습이었다. 물을 의식적으로 많이 마시자, 할 수 있다, 놀고 싶다, 같은 말이 그림 옆에 놓여 있었다. "기분은 사라지고 결과만 남는다"라는 글을 어디선가 봤는데 정말로 너무 힘들어 죽을 것 같던 그날 그 기분은 사라지고 그림이라는 결과로 남은 내 모습만 있었다. 웃음이 났다. 열심히 산 자신이 기특했다.

성취가 소리 없이 쌓였다. 어두운 밤, '오늘의 나'를 그리기 위해 오늘 하루를 떠올린다. 오늘 나는 무엇을 했고, 어떤 모습이었고, 어떤 표정을 지었는지 하루에 한 번, 나에 대해 생각하는 시간을 갖는다.

아무것도 한 게 없는 것 같아 자칫 우울할 수도 있지만 자세히 들여다보면 열심히 먹고, 최선을 다해 소파에 눕고, 성심껏 산책하고, 누군가를 그리워하고, 치열하게 고민을 했다. 그런 나를 종이 위에 사각사각 그린다. 그 종이에는 특별한 약속이나 사건보다, 스쳐가는 순간이 많았다. 우산을 쓰고 걸었다든가, 버스를 타고 집에 왔다든가, 길고양이랑 눈이 마주쳤다든가, 슬픈 꿈을 꿨다든가 하는 것들.

삶이 무료하다고 슬퍼할 필요는 없다. 특별하지 않은 시간과 뻔하디 뻔한 감정들 속에서 일기장에 남길 만한 특별한 가치를 찾아내는 것이 살아있는 기쁨이니까.
—『오늘 내가 마음에 든다』(봉현, 예담 2016) 중에서

12월 31일 마지막 날까지 반드시 100장의 그림을 그려낼 것이다. 우리는 모두 어떤 방식으로든 꾸준하고 성실하다. 나처럼 그림이 아니어도 다양한 방법으로 각

자의 이유로 무언가를 남긴다. 찰나의 순간을 사진 찍고, 아무도 알아주지 않을 진심을 편지에 적고, 지나간 시간을 글로 기록한다. 무엇보다 명확한 결과물이 없다 할지라도, 매일 잠을 자고 밥을 먹으며 하루를 살아가는 모든 사람의 매일은 꾸준하고 성실하며 가치 있다. 그런 오늘의 나는 언제나 사랑스럽다.

어떤 모습이어도.

완벽주의자 말고 경험주의자가 될 거야

내 삶의 가장 큰 기쁨과 행복은 세계 곳곳을 탐험하고 새로운 경험을 하는 것이다. 몸이나 마음이 망가질 때마다 어디론가 떠났고, 낯선 곳을 자유롭게 걷다 보면 모든 게 괜찮아졌다. 하지만 팬데믹으로 세상이 바뀌었다. 조금씩 마음에 금이 갔다. 손쓸 새도 없이 가라앉는 상태를 감당하지 못한 기분이 우울함과 좌절로 이어졌다. 어떻게든 이 상황에 적응하기 위해 고군분투했다. 무의식적인 행동을 하기 시작했는데 주로 뜬금없고 사소한 것들이었다. 매주 꽃을 샀다.

"과한 포장 없이 이거 한 송이, 저거 한 단 주세요."

그날의 힘겨움에 응원이 되는 꽃말을 지닌 꽃을 만 원어치씩 샀다. 어떤 날에는 식물 분갈이를 하거나 잎을 하나하나 닦으며 물을 줬다. 빨래를 해서 집 안을 세탁 냄새로 가득 채우거나, 카페에 가서 햇볕 잘 드는 자리에 풀처럼 가만히 앉아 있었다. 친구들과 슬픔을 나누고 혼자 있을 때는 생전 안 하던 별짓을 다했다. 울면서 홍제천을 달리고, 심장이 터질 것같이 수영을 하고, 아주 오래된 고전 영화를 봤다. 단것을 잔뜩 사 먹기도 했다.

달라진 세상을 탓하며 적응하지 못하면 어디서도 살아남을 수 없기에, 나름대로 생존하기 위한 방법을 다시 찾고, 배우고, 알아갔다. 그러다 보니 오기가 생겼다.

"그래, 어디까지 힘들 수 있는지 보자. 무너질 대로 무너져 보자. 금이 가고 부서지는 것들은 이 기회에 다 갖다 버릴 거야. 다 떨어져 나가면 속살이 드러나겠지."

그동안 힘겹게 쌓아온 경험은 분명 내 안에 남아 있을 거라고 믿는다. 과거의 내가 견디고 지켜온 시간은 허무하게 무너질 만큼 어설프지 않다. 내 안에 잘 여문

속살이 하얗게 빛날 테다. 천천히 바닥을 기어 벽을 짚고 일어난다. 무너지는 건 한순간의 절벽이지만 올라오는 건 더디고 느린 계단이다. 어제 또 굴러떨어졌지만 오늘 한 걸음 올라선다. 그 경험만으로 충분하다. 시인 엘렌 코트는 말했다. 일어나야 할 모든 일은 일어날 것이며, 어떻게든 우리는 그것들을 겪어야 할 것이라고. 그러니까 물 위에 가만히 눕듯, 흘러가듯 살라고.

그렇게 나는 완벽주의자가 아닌, 경험주의자로 살아갈 것이다.

초록의 힘

연남동에 산 지 9년째, '연트럴파크'라 불리는 경의선숲
길 공원 근처에 산 지 5년째. 지금은 너무나 유명한 공
원이지만 이곳이 처음 생겼을 때를 기억한다. 왠지 기
운 없어 보이는 잔디와 중간중간 흙덩이가 어질러진,
인위적인 도시의 공원. 삭막하고 횡했다. 인부들이 트
럭에 실려온 가느다란 나무를 줄줄이 심고 어린 풀을
듬성듬성 심었다. 인적이 드문 건물들 사이에 작은 공
원이 어색하게 자리 잡고 있었다. 매일 이 공원을 가로
질러 집을 오갔고 아침이든 밤이든 아무 때나 산책하며
계절의 변화를 지켜봤다. 공원은 나에게 공간을 넘어
당연한 존재이기까지 했다.

그러던 어느 날이었다. 저 끝에서 반대쪽 끝까지 눈부시게 푸르른 공원이 눈에 들어왔다. 익숙한 장소를 다시 보게 되는 생각지도 못한 순간이었다. 가느다랗던 나무가 두꺼워졌고 하늘로 빼곡하게 뻗은 가지에는 잎이 풍성했다. 허약하던 풀은 단단한 뿌리를 내리고 온몸 가득 이슬을 머금고 있었다. 흙이 비치던 성긴 땅은 이제 빈틈없이 푸르다.

몇 년 동안 공원은 멈추지 않고 자랐다. 황량했던 인공 공원은 사람의 손길로 절대 만들 수 없는 완연한 자연의 모습으로 5월의 봄다운 풍성한 색과 빛을 내고 있었다. 그 사이 나는 고양이 여백이를 떠나보내고, 연애를 했다가 이별하고, 새로운 친구를 사귀고 오래된 친구를 잃었다. 처음 이곳에 살기 시작한 그때의 나와 지금의 나는 어떻게 다를까. 나는 어떤 빛일까. 더 바래고 쓸쓸한 색을 띠고 있는 건 아닐까. 나도 지 초록처럼 성장했을까.

공원을 걸으며 이곳에서 얼마나 살 수 있을까, 더 나이가 들면 어떻게 살아야 할까, 뭐든 나아지기는 할까…… 그런 걱정을 했었다. 하지만 주어진 곳에서 최선을 다해 자신을 키운 공원을 보니 안심이 되었다. 푸른 나무를 올려다보며 다짐했다.

"지금 당장 고민을 해결할 필요는 없어. 바닥을 보고 걸어도 괜찮아. 시간이 지나면 다시 고개를 들고 이처럼 푸른 풍경과 따스한 빛을 느끼는 날이 올 거야. 계절은 다시 돌아오고, 나도 계속 걸을 테니까."

무리하지 않는 범위 안에서

요즘 나는 삶의 만족도가 높다. 특별한 일이 있는 건 아니다. 오히려 이번 달 일이 없어서 다음 달 수입은 0원으로 예상되는데 이상하게 마음이 편안하다. 커피를 두 잔씩 마시기도 하고, 2+1 따위 신경 쓰지 않고 주스를 사고, 똑같은 티셔츠를 두 장씩 사고, 몇 년째 고민만 했던 조명도 구입했다. 먹고 싶은 것이 있으면 사 먹는다. 가고 싶은 곳이 있으면 가본다. 무리하지 않는 범위 내에서 망설이지 않는다. 좋아하는 공간에 앉아 시간을 보내고 취향에 둘러싸여 있다 보면 마음에 드는 글도 쓸 수 있다. 맛있는 음식을 먹으면 기분이 좋아지고, 예쁜 물건을 보면 기분이 더 좋아진다.

아침에 느지막이 일어나 집안일을 하고 밥을 차려 먹고 외출 준비를 한다. 약속도 없고 만날 사람도 없지만 나를 깨끗이 단장한다. 반듯하게 다림질한 티셔츠와 편한 바지를 입는다. 새로 산 청색 모자와 아끼는 분홍색 컨버스화는 어떤 옷에도 잘 어울린다. 노트북과 다이어리, 텀블러와 책 한두 권, 가볍게 걸칠 재킷, 핸드크림과 립밤 등을 꼼꼼히 챙긴 백팩을 메고 집을 나선다.

계절과 날씨에 따라 유튜브 알고리즘이 추천해주는 플레이리스트를 들으며 걷다 보면 익숙한 거리도 여행지처럼 느껴진다. 카페에서 글을 쓰다가 배가 고프면 밥을 먹고, 공원 산책로를 따라 집으로 돌아간다. 집에 오면 가방을 내려놓고 잠시 책상에 앉아 '오늘의 나'를 그린다. 씻고 피부를 정돈한 뒤 침대에 누워 책을 읽다가 잠을 청한다.

별다른 일 없이 똑같은 매일, 단정한 반복, 나쁜 일 없는 하루, 혼자만의 평화, 소소하고 잦은 기쁨. 내일을 기대하며 잠들고, 아침을 맞이하며 기대를 채운다. 그 기대들은 내가 컨트롤할 수 있는 한도 안에 있다. 내 손안에 쥐어진 감당할 수 있을 만큼의 것들. 그 이상은 기대하지 않는다.

한때 누군가의 기대 앞에서 망설인 적이 있었다. 잘 해낼 수 있을지 두려웠다. 기대한 만큼 실망하는 마음을 아니까.

이제는 내 능력과 체력의 한계를 누구보다 잘 알기에 적당히 몸을 추스른다. 엄청 잘하지 않아도 괜찮다. 할 수 있는 만큼만 해서, 가능한 만큼만 행복하면 된다. 그래서 요즘의 나는 적당히 행복하다. 완벽한 행복이 아니라서 더 좋다.

여름 입맛 한 조각

22시간 넘게 일한 탓에 다리가 붓고 목이 쉬었는데 생리까지 겹친 날, 몸의 배터리 잔량이 2퍼센트 상태에서 기어가다시피 주방으로 갔다. 양상추와 토마토, 바나나 그리고 코코넛 커피를 꺼냈다. 도무지 요리할 힘이 나지 않아 곧장 먹을 수 있는 것만 골랐다. 아삭하고 싱싱한 것들을 입에 넣고 오물오물하다 보니 아래에서 위로 에너지가 천천히 올라오는 게 느껴졌다. 방전된 몸이 서서히 충전되는 기분이다.

아직 7월인데 땀이 줄줄 흐르고 습한 공기에 숨이 턱턱 막힌다. 뜨거운 여름에는 찬 것만 찾게 된다. 휴대폰 사진첩을 보니 최근에 먹은 음식 사진들이 온통 컬

러풀하다. 아보카도 샐러드, 토마토와 두부 튀김이 올라간 버섯 샐러드, 무화과 리코타 치즈 샌드위치, 비빔밥, 비빔국수, 야채 김밥 등 채소가 듬뿍 들어간 음식들.

최근에는 초당옥수수를 한 박스 구입했다. "여름엔 역시 초당옥수수!"라며 친구가 SNS에 올린, 윤기가 흐르는 노란 사진을 보고 궁금해졌던 것이다. 겉보기에 별다를 것 없는 보통의 옥수수를 삶지도 않고 생으로 먹는다고? 반신반의하는 마음으로 한입 베어 물자 아삭, 소리와 함께 단물이 듬뿍 나왔다. 처음 느끼는 식감이었다. 옥수수가 이럴 수 있다니. 매일 한 개씩 초당옥수수를 아삭아삭 먹었다. 초당옥수수는 구워도 맛있다. 버터 한 조각과 마요네즈 한 스푼을 꼼꼼히 바르고 후추와 설탕, 소금을 살짝 뿌려 에어프라이어에 180도로 7분, 뒤집어서 8분을 구우면 초당옥수수 버터구이 완성! 감탄이 절로 나온다. 엄마에게 먹어보라며 옥수수 택배를 보냈다.

생각해보니 어떤 여름에는 콩국수만, 어떤 여름에는 모밀국수만, 어떤 여름에는 오렌지주스만 계속 먹었던 것 같다. 여름에만 존재하는 여름 입맛이랄까. 이번 여름은 노란 맛이다. 레몬도 좋아해서 자기 전에 물을 가득 채운 1리터 병에 레몬 한 개를 짜서 꿀을 섞고, 레몬 향의 티백을 담가 냉장고에 넣어두었다가, 다음 날 하루 종일 마신다. 탄산수를 넣은 레몬청 에이드도 무척 좋아한다. 달고 시고 시원한 여름 레몬 차. 비타민이 충전되면서 더운 여름에 기력이 회복되는 기분을 확실하게 느낄 수 있다.

온종일 컴퓨터 앞에 앉아 일하고 새벽에 자주 뒤척이는 사람은 먹는 것, 마시는 것, 자는 것 어느 하나 신경 쓰지 않으면 어떻게든 티가 난다. 먹고살기 어려워도 그 사이사이마다 소소한 즐거움과 가뿐한 기분을 챙기며 좋은 방향으로 나를 이끈다.

건강한 음식을 먹고, 예쁜 것을 보고, 아름다운 색을 사진으로 남긴다. 높이 기지개를 켜며 일어나 레몬 차 한 컵을 크게 마시고 좋아하는 음악을 들으며 일한다. 냉동실에서 아이스크림을 꺼내 먹으며 소파에 누워 쉰다. 선풍기 바람을 쐬면서 영화를 한 편 보고 하루를 마무리한다.

보통의 여름날이 달고 시고 노란 맛과 함께 지나가고 있다. 이 평범한 날들과 여름 입맛이, 나는 제법 시원하고 좋다. 그러니까 더위랑 외로움 먹지 말자. 대신 잘 자고 잘 챙겨 먹자.

잘 살려는 노력을 부끄러워하지 말자

해가 뜨기 30분 전. 일어나서 이불을 정리하고 나온다.
물을 끓이고 커피를 내리며 잠을 깬다. 작업방 책상에
앉아 간단히 아침을 먹으며 글을 쓴다.

오후 1시. 자리에서 일어나 스트레칭을 하고, 두 시
간 정도 낮잠을 자고 일어나 밥을 먹는다.

오후 3시. 빨래나 청소를 하고 집을 정리한다. 볼일
이 있으면 외출했다가 해가 지기 전에 돌아온다.

저녁 6시. 그림을 그린다. 개인 작업을 하거나 못다
쓴 글을 이어 쓰고, 책을 읽거나 영화를 본다.

자정. 서둘러 책상을 정리하고 잘 준비를 한다. 씻고
영양제를 챙겨 먹고 5시에 맞춘 알람을 확인하고, 안대를 쓰고 잠을 청한다.

  이건 내가 목표하는 하루다. 이렇게 하루하루 반복
해서 많은 글을 썼고 그림을 그렸다. 하지만 최근 몇 달
째 루틴 없는 삶을 살고 있다. 어제도 그랬다. 어김없이
자정에 누워 내일은 기필코 일찍 일어나겠다고 결심하
며 잠을 청했다. 어찌어찌 잠들긴 했는데, 이럴 때는 꼭
악몽을 꾼다. 한쪽 눈이 새파랗게 변해서 엉엉 우는 이
상한 꿈이었다.

  꿈의 잔상을 지우려고 휴대폰을 켰다. 새벽 2시 40
분. 두 시간 정도 더 자면 5시에 맞춰 일어날 수 있을 거
야. 다시 눈을 감지만 생각이 꼬리에 꼬리를 물기 시작
했다. 하나의 생각을 외면하면 다른 생각이 뒤따랐다.
고요한 침대 속에서 감정이 요동치고 폭풍이 분다. 새
벽에는 뇌의 전원을 끄고 싶다. 잠 못 드는 밤의 고독과
잡념으로 낭비한 생명력은 대체 얼마나 될까. 그 시간
에 충분히 쉬고 개운하게 일어나 하루를 살았다면, 주
어진 시간을 훨씬 가치 있게 활용했을 텐데…… 나는
생각이 너무 많다. 그래서 억지로라도 루틴을 지키려고
몇 배의 노력을 들인다.

결국 두 시간 넘게 뒤척이다가 일어났다. 4시 50분이었다. 부엌에서 차를 내리고 빵을 구웠다. 새벽의 잠 넘에 두 손 두 발 다 들고, 피곤함을 짊어진 채 할 일을 해야 하는 마음은 무겁다. 어제를 잘 마무리하고 새로운 아침을 맞이하고 싶었는데…… 다시 태어나는 마음으로 쓰는 게 오전 글쓰기인데…… 이런 아침의 나는 여전히 어제에 살고 있다.

'프랑스 파리의 아침'이라는 제목의 ASMR을 틀었다. 파리 노천카페에 앉아 있는 듯 적당히 웅성이는 소리가 듣기 좋다. 노란 버터를 바른 빵을 썹으며 손가락으로 타자를 친다. 몸에 배어 있던 익숙한 감각이 천천히 떠오른다. 이 루틴을 지킬 때에만 느낄 수 있는 성취감이 있다. 그래, 몇 십 번을 실패했더라도 분명 이런 아침도 수십 번 있었지. 반복된 성공과 꾸준한 실패는 포기하지 않을 때에만 경험할 수 있다. 오늘같이 반쯤 실패한 날도 나쁘지 않다.

내일 또 하면 된다는 마음으로 지난 아침들의 기록을 다시 한번 살핀다.

(1)

　우울해지거나 사는 게 막막하면 일찍 자고 일찍 일어나 오늘 같은 새벽을 맞이한다. 잠들려고 애쓰거나 잠에서 깨려고 하는 시간 낭비가 없는 하루. 이런 새벽에는 좋은 것들만 생각난다. 마치 새로 태어난 삶처럼. 다시 글을 쓰고 그림을 그리고, 좀 더 건강한 음식들을 떠올린다. 클래식 음악을 듣고 차를 마시면서 할 일들을 천천히 적는다. 오늘은 포트폴리오를 정리하고, 새로 그리고 싶은 그림을 찾아봐야지. 휴지도 새로 주문하고, 이불도 빨고, 베개 커버도 갈아야겠다.

　창문을 활짝 열었다. 밖은 아직 어둡다. 해가 뜨기 한 시간 전. 창가의 화분을 살펴보는데 생각지도 못한 꽃봉오리를 발견했다. 꽃이 피는 식물이었다니! 놀랍고 기뻐서 엄청 환하게 웃었다. 좋은 아침이다.

(2)

　눈을 뜨니 새벽 4시. 한 시간 이르지만 그냥 일어났다. 토마토주스를 갈아 마시고 일기를 썼다. 잠들기 전 새벽엔 욕심과 후회가 나를 괴롭히지만, 깨어난 새벽엔 세상만사 관대해진다. 어떤 나여도 괜찮은 것 같다. 스스로를 새벽형 인간이라고 생각했는데, 그게 안 자고 깨어 있는 새벽이 아니라 자고 일어난 새벽이라는 것을 이제야 알았다.

(3)

별일 없이, 흔들림 없이. 매일매일 같은 루틴으로, 매일매일 같은 각오로.

(4)

일찍 일어나는 사람들이 있는 단체 메시지 방에 오전 9시부터 알람이 울렸다. 런던에 있는 사람에게서 발레 공연 사진이 왔고, 낙산사에서는 일출 사진이, 같은 동네에 사는 사람에게서 오징어 쌈뽕 브런치 사진이 왔다. 니는 책상에 앉아 런던 심포니의 드보르작 연주를 듣고 있다고 말했다. 괜찮은 사람들의 괜찮은 아침 안부들에 안심이 된다.

(5)

식사와 수면을 신경 쓸 것.

사람을 적게 만나고, 생각을 적게 할 것.

세상의 시간에 맞춰 생활할 것.

매일 걷고, 햇볕을 쬐며, 바람을 마주할 것.

운동할 것.

읽고 쓰고 그릴 것.

잘 살려는 노력을 부끄러워하지 말 것.

기록해둔 것처럼 살려고 노력한다. 사람들도 자신이 얼마나 노력하고 실패하고 도전하며 사는지 당당히 자랑하며 살았으면 좋겠다.

(6)

어젯밤 너무 외로웠다. 그에게 연락하고 싶었지만 참았다. 침대에 누워 잠들 때까지 너무너무 연락하고 싶었지만 베개를 꼭 안고 눈을 감았다. 아침 해가 뜨기 전에 눈을 떴다. 물을 끓이고 책상 앞에 앉으며 안도했다. "자니?" 같은 메시지를 보내고, 아침에 이불을 박차며 일어나지 않아 천만다행이었다. 하마터면 이 평화를 깰 뻔했다. 밤에는 요정이 마법을 부리는 듯 평정심이 흐려진다. 예전에 팟캐스트 「책읽아웃」에 출연했을 때 "실수 좀 하고 싶어요!"라고 말했는데 이제는 실수 안 하고 싶다. 실수로 깨버리기에는 지금 이 단단한 하루들이 너무 소중하다.

어제는 유독 밤이 길었고, 숨은 외로움이 고개를 내밀어 투정을 부린 날이었다. 무사히 아침을 맞이하자 외로움이 흔적도 없이 사라졌다. 아침에는 공유 같은 도깨비가 마법을 부리나 보다. 아침의 삶을 사는 30대, 인생 2회 차 같은 기분. 술 취해서 울며 불며 전화하던 20대의 새벽이여. 정말 왜 그랬니.

(7)

아침 7시 10분에 깼지만 일어나기까지 한 시간이 넘게 걸렸다. 힘없이 설거지를 하고 책상 앞에 앉았다. 오늘은 토요일. 거실로 출근하는 프리랜서에겐 주말이 없다. 토요일이나 일요일이나 그냥 똑같은 하루다. 조금 더 자야 할 것 같지만 10시까지만이라도 무엇이든 쓰기로 한다.

○

아침은 빈 종이 같다. 내게 종이는 두려움과 기대를 동시에 주는 존재다. 무엇을 그려야 할지 몰라 연필을 쥐고 울었던 적이 있다. 빈 화면 위에 한 글자씩 써내려가는 일도 마찬가지다. 매일 글을 쓰고 있지만, 정작 하고 싶은 이야기들은 쓰지 못했다. 못다 한 이야기들은 어디로 사라졌을까. 사라진 것이 아니라 숨어 있을 것 같다. 꿈처럼 강렬하고 특별했던 나의 경험들이 사라질 리 없다. 고고학자가 화석을 발굴하듯 이야기의 형태를 다듬으며 살살 꺼내야 한다. 손을 움직여본다. 오늘은 일기를 1,258자나 썼다.

1만 시간의 노력과 1만 시간의 게으름

드라마「응답하라 1994」에서 집안 환경과 재능 덕에 천재 야구선수라고 평가받는 칠봉이가 사실은 엄청난 노력파였다는 에피소드에 1만 시간의 법칙이 등장한다. 말콤 글래드웰의『아웃라이어』를 통해 전 세계에 알려진 1만 시간의 법칙은 뮤직 아카데미의 바이올린 전공 학생들을 대상으로 연구한 논문 결과다. 연구진은 스무 살 전후의 학생들을 '세계적인 프로 연주자가 될 사람' '우수한 학생' '선생님 정도 될 사람' 이렇게 세 그룹으로 나눴다. 모두 다섯 살 전후에 바이올린을 시작한 비슷한 조건의 학생들이었고 그룹을 나누는 기준은 딱 하나, 연습시간이었다. 그리고 연구 결과를 살펴보니 평범한 학생들은 3,000~4,000시간, 우수한 학생들은 7,000~8,000시간을 연습한 것에 비해, 가장 우수하다고 평가된 학생들의 연습량은 1만 시간에 달해 있었다고 한다. 어떤 분야에서 월등히 뛰어난 단계에 오르기까지 최소 1만 시간이 필요하다는 것이다.

조금 비뚤어진 나는 울컥했다. 만약 내가 연구 대상이었다면 어떤 기분이었을까. "나름대로 진지하게 노력했는데 네가 뭔데 날 판단해" 하며 화가 났을 것 같다. 하지만 연구 결과를 근거 삼은 "네가 연습을 덜했기 때문이야"라는 말에 게으른 자신을 탓하며 분명 자괴감에 괴로워했을 것이다.

이 법칙에는 논란이 많다. 1만 시간을 연습하면 누구나 성공한다는 건 너무 단순하기 때문이다. 1만 시간을 투자할 수 있는 조건이 갖춰지지 않은 대상에게는 적용하기 어렵다. 선천적 재능과 함께 노력을 뒷받침해 줄 수 있는 환경까지 갖춰진 상태에서 1만 시간을 연습해야 한다는 의견이 제시되었다. 단순히 시간을 때우기 위한 연습이 아닌 높은 집중력이 동반된 연습만이 진짜 노력이라는 것이다. 평범한 개인이 1만 시간을 어설프게 채워봤자 성공할 수 없다는 이야기다.

"아직 멀었어" "더 노력해"라는 말은 사람을 무력하게 만든다. 그동안의 노력이 저평가되고, 한계가 느껴지고, 자질에 의심을 품게 한다. 누구나 각자의 방식으로, 다양한 조건 아래에서 치열하게 노력하고 있다.

그래서 나는 1만 시간의 법칙을 "조급해하지 말고 꾸준히 합시다" 정도로 받아들이기로 했다. 노력하는 태도 자체를 지켜내며 지난 노력이 헛된 발버둥이었다고 생각하지 않을 것이다. 그래야 계속할 수 있다. 1만 시간이라는 수치를 채우려 하기보다는, 지금 당장 할 수 있는 만큼 현실에 발을 딛고 손을 움직이는 것이 진정한 노력 아닐까. 내가 이루려고 했던 근본적인 이유, 처음 시작했던 순수함, 나를 지탱해주는 사람들의 응원과 스스로에 대한 믿음, 그런 것들이 진짜 법칙이다.

우리의 삶은 1만 시간으로 끝나지 않는다. 1만 시간을 노력하기 위해서는 1만 시간의 게으름과 1만 시간의 좌절이 필요할지도 모른다. 현재의 삶에 '노력한 1만 시간'만큼 '노력하지 않고 아무것도 하지 않은' 시간들 또한 분명 의미 있을 거라 믿는다.

3장

단군한 사랑이 우리를 자유롭게 할 거야

숙제는 미루고 축제를 하자

> 딸, 삶이 힘들지. 하루하루 숙제처럼 살지 말고 축제처럼
> 살아보렴. 그럼 행복할 거야.

자정이 넘은 시간, 휴대폰 메시지 알람이 왔다. 패션 디
자이너이자 유튜버인 밀라논나의 글을 인용했다며 딸
에게 응원의 말을 전하고 싶었던 엄마. 그 짧은 메시지
를 한참 동안 바라봤다.

통화할 때마다 바쁘다, 잠을 못 잤다, 먹고살기 힘
들다는 투정에 속상했던 걸까. 엄마의 따뜻한 한마디에
는 사랑이 가득 차 있었다. '저 요즘 힘든 거 말고 즐거
운 거 찾으며 살고 있어요. 좋아하는 일을 하면서 돈을

벌 수 있다는 건 축복이라고 생각해요!'라는 답장을 보
냈다. 메시지를 쓰면서 내가 이런 생각을 하고 있었다
는 걸 깨달았다. 나도 몰랐던 나의 진심, 입 밖으로 내
지 않았다면 허물어졌을 마음. 나 또한 엄마에게 전한
사랑의 말이었다.

빈 캔버스와 빈 노트를 펼칠 때 용기를 내야 하는 순
간이 있다. 텅 빈 곳을 어떻게 채워야 할지 두렵고, 무게
감에 짓눌려 도망치고 싶었다. 사는 게 막막해 내일이
오지 않았으면 좋겠다고 생각한 적도 있었다. 하지만
엄마의 말처럼 수많은 숙제를 하나하나 해결해가는 과
정 그 자체를 축제처럼 느끼기로 했다. 희망보다는 절
망이, 기대보다는 포기가 편한 시대를 살아가지만 힘을
내본다.

삶은 결코 힘들기만 한 것이 아니라고. 서로의 존재
를 기억하고 좋아하는 사람들을 떠올리며 사랑을 나누
자고. 그러다 보면 언젠가는 한자리에 모여 어깨동무를
하고 춤추고 노래하는, 땀과 눈물과 웃음이 가득한 진짜
축제를 누리는 날이 올 거라고 믿는다.

오늘도 어김없이 바쁠 예정이다. 할 일을 잠시 미
루고 숨을 천천히 고른다. BTS의 노래 「Permission to

Dance」를 틀고 방구석에서 혼자 이상한 춤을 마구 춘다. 숙제는 잊고 축제를 즐기는 밤이다.

죽지 말고, 다음 생일에 또

11월 5일. 보통의 하루가 11과 5로 특별해지는 날. 내 생일이다. 10년 전 스페인 산티아고 성당 뒤에서 노을을 보던 생일날은 아름다웠고, 8년 전 사랑하는 사람이 끓여준 싱거운 미역국은 세상에서 제일 따뜻했으며, 6년 전에는 제주에서 친구들에게 받은 깜짝 선물에 신이 났고, 4년 전에는 단골 바에서 친구들이 준비한 깜짝 케이크에 감동했으며, 2년 전에는 엄마가 보내준 꽃다발과 편지에 엉엉 울었고, 1년 전에는 가을 숲과 바닷가를 아이처럼 뛰어다녔다. 그리고 올해, 처음으로 혼자 생일을 보냈다.

　올해는 정말 쉽지 않았다. 아프고 외로웠다. 나를 향

한 수백 가지 의문과 관계에 대한 두려움, 냉정한 세상의 벽. 누구에게도 기댈 수 없었고 아무것도 기대할 수 없었다. 자고 일어나면 눈물이 났다. 일어나봤자 하고 싶은 것도 없는데 왜 살아야 하는지 회의를 느꼈다. 일상이 버거워 울고, TV를 보다가 울고, 밥을 먹다가 울었다. 울다가 지쳐서 잠들기를 반복했다.

그럼에도 불구하고 시간은 흘러 나는 조금씩 나아졌다. 그리고 11월의 밤, 거울에 비친 얼굴을 보며 읊조렸다.

"건강해 보여, 행복해 보여. 예쁘고 멋지구나. 좋아 보인다. 다행이야. 생일 축하해. 정말로."

살아갈 힘이 생겼다. 사소한 순간에도 행복해하며 진심으로 웃고 잘 자고 잘 먹게 되었다. 흘러가는 계절을 만끽하며 바닥이 아닌 하늘을 자주 올려다 보게 되었다. 혼자서도 무엇이든 할 수 있게 되었다.

무엇이 나를 일어서게 했을까. 어떤 계기나 타인의 도움은 없었다. 나를 다시 괜찮은 사람으로 만든 건 나였다. 외로워도 글을 쓰고, 힘들어도 그림을 그렸다. 열심히 일해서 돈을 벌었다. 차근차근 집을 돌보고 건강을 챙기며 좋아하는 사람들을 만나고 아름다운 풍경을 자주 보며 별것 아닌 순간들을 꾸준히 기록했다. 다이어리에 묻은 우울의 얼룩들은 단단한 의지가 담긴 단어들로 바뀌어 있었다. 절망 대신 희망을, 고독 대신 자립을, 과거 대신 현재를, 그리고 다음에 올 단어는 노력과 성장이 되기를 빌었다. 가깝고도 먼 미래를 계획하자 가슴이 두근거렸다.

'이런 그림을 그려봐야지.'
'이런 글을 써야지.'
'내년에 이걸 배우고, 내후년엔 저걸 시도해야지.'
'멀리 여행을 가고 또 새롭게 도전해야지.'

지난 시간의 나를 떠올리면 안쓰러워서, 요즘의 나를 보면 다행이라서, 웃음과 눈물이 동시에 났다. 그래서 이번 생일은 오직 나와 함께 보내고 싶었다. 아침에 일어나 짐을 쌌다. 가방에 잠옷과 안대, 여분의 옷을 차곡차곡 담고 세안용품과 화장품을 챙겼다. 책과 일기장, 노트북까지 묵직하게 담았다. 여행하는 기분으로 집을 나섰다. 엄마가 보내준 돈으로 꽃을 사고 아빠가 보태준 돈으로 케이크를 샀다.

걸어서 20분 거리의 호텔을 예약하며 다른 건 몰라도 책상이 있는 방으로 부탁드린다고 하자, 생일을 축하한다며 방을 업그레이드 해주었다. 커다란 침대의 하얀 침구, 머리맡의 널찍한 책상과 의자, 적당한 조도의 조명, 블루투스 스피커와 가습기까지 전부 마음에 들었다. 창밖으로 보이는 야경까지 모든 게 완벽했다. 혼자 케이크에 초를 꽂고 차를 마시고 초밥을 주문해서 저녁을 먹고 음악을 틀어놓고 글을 썼다. 졸려서 하품이 나오는데 자고 싶지 않을 정도로 행복했다. 새벽 2시가 넘어서야 침대 위에 누웠고, 금세 깊은 잠에 빠졌다. 아침 일찍 일어나 조식을 먹으며 책을 읽고, 한 시간 정도 낮잠을 잔 뒤, 못다 쓴 글을 정리하고 체크아웃을 하면서 생일을 마무리했다.

이제껏 보낸 생일 중 가장 특별한 날이었다. '이런 사치를 부리기 위해 열심히 돈 벌어야지. 돈은 허튼 데 쓰지 말고 좋은 시간을 사는 데 써야지. 가끔 나에게 상을 줘야지' 같은 결심을 하며 잘 살고 싶다는 마음을 나에게 선물했다. 여전히 어떻게 살아야 할지 모르겠지만

• • •

한없이 절망하던 지난날의 나에게 꼭 말해주고 싶다.

"인생은 몰라서 두려운 게 아니라, 모르기에 멋지고 설레는 걸지도 몰라."

어떤 시간을 살지, 어떤 사람을 사랑할지, 앞으로 뭘 경험하고 무슨 일을 할지 모른다. 영화「십개월의 미래」의 관객과의 대화에서 남궁선 감독님과 남궁인 작가님이 이런 말을 했다.

"과거는 머물러 있고, 현재는 치열하며, 미래는 아무도 모릅니다."

나의 실수, 실패, 좌절은 모두 과거에서 비롯되었다. 이미 결정되고 절대 바꿀 수 없는 것에 내달려 현재의 나에게 비난을 퍼부으며 미래의 나에게 모든 걸 미뤘다. 죽고 싶을 정도로 힘들었던 지난 몇 개월은 오랫동안 내 마음속 깊숙한 곳 어딘가에 남을 것이다. 그 트라우마는 언제 또 다시 고개를 불쑥 들고 나를 괴롭힐 수도 있다. 하지만 그 또한 어쩔 수 없다고 받아들이기로 했다. 결코 지울 수 없는 엉망진창인 과거를 그대로 두고, 그 위에 꽤 괜찮은 과거를 만들어 덧대어 보기로 했다. 현재는 언제나 과거가 되고, 미래는 늘 현재의 모습을 하고 찾아온다. 내가 바꿀 수 있는 것은 과거도 미래도 아닌 현재뿐이다.

만약 내 의지로 죽음을 결정할 수 있는 날이 온다면 생이 지겹도록 끔찍해서가 아니라 이미 완벽하게 행복해서, 충분히 멋진 삶을 살았다고 웃을 수 있는 때이기를 바란다. '세상은 아름답고, 누군가를 진심으로 사랑했다. 태어나서 다행이었다'라고 느낄 수 있기를. '내가 태어난 날은 삶을 선물받은 날이다, 어떤 것보다 가치 있는 선물이었다'라고 말할 수 있기를.

다가올 1년을 또 잘 살아내서, 내년에도 나에게 축하 인사를 전하고 싶다.

"Happy Birthday, to me."

고양이 여백이에게

바람이 분다. 그럴 때가 있다. 또 한 차례 삶이 바뀌고 있음을 절감하는 때. 여름이 익숙해지자마자 이내 떠나려고 한다. 반바지에 얇은 옷을 입고 나왔더니 서늘해진 바람에 어깨가 살짝 움츠러든다.

곧 가을이 온다. 그리고 내게 삶의 어떤 장면은 계절보다 더 선명하다.

"여백아, 가을이 오나 봐."

2017년 9월 1일에도 오늘 같은 바람이 불었다. 내 목소리를 듣고 뒤돌아보던 여백이의 모습. 나의 고양이

···

여백이가 죽기 일주일 전이었다.

이제는 여백이가 없는 삶이 익숙하다. 여백이와 함께 살았던 날보다 여백이를 먼저 보내고 혼자 살아온 시간이 더 길어졌다. 멈추지 않을 것 같던 눈물은 멈췄고, 절대 나을 것 같지 않던 상처도 아물었다. 모든 게 다시 움직였다. 지각 변동으로 대륙의 모양이 바뀌는 것처럼 내 의지와는 상관없이 자연의 순리대로 삶이 모양을 달리했다.

끝은 언제나 시작이다. 시작은 매번 어려웠지만 묵묵히 할 일을 하면 어떻게든 살아졌다. 무슨 일이 있어도 어떻게든 살아가리라는 것을 이젠 의심하지 않는다. 이전에도, 그 이전에도 그래왔으니까. 한번도 경험해보지 못한 일들이 여전히 많다. 앞으로 계속 쓰고 그릴 글과 그림들, 긴 연애, 동거나 결혼, 부모님과의 이별, 나의 아이 같은 일들. 확신할 수 있는 것은 없다. 결혼하지 않을지도 모르고 남자가 아닌 여자와 평생을 함께할지도 모른다. 아이가 아니라 개나 고양이를 키울 수도 있고, 입양한 아이와 살 수도 있다. 그래서 "사람 일 정말 모른다"라는 말은 내게 희망의 문장이다. 대처할 수 없는 일이 닥쳤을 때 "거봐, 사람 일은 모르는 거라고 했

○

잖아" 하고 호탕하게 깔깔 웃어넘기고 싶다. 그러다 인생 별거 없다며 권태가 찾아오기도 하고, 그런 나를 비웃기라도 하듯 또 다른 풍파가 찾아올 것이다. 환희나 감흥이 더는 느껴지지 않는다고 절망할 때쯤 알지 못했던 감정과 해본 적 없는 새로운 경험이 덜컥 달려들곤 했으니까. 그래서 삶은 살아보지 않으면 모르는 거라고 하는 걸까. 더 이상 세상을 탓하지도, 사람을 미워하지도, 시간을 의심하지도 않기로 했다.

"여백아, 난 잘 살고 있어."

이유 없는 슬픔을 이겨내려 애쓰지 않고, 그 무엇도 당연하게 여기지 않으면서, 모든 걸 자연스럽게 흘러가도록 두기로 했다고 읊조렸다. 아직 삶은 지겹도록 길게 남아 있다.

잠옷이라는 세계

우리 집에는 목 늘어난 티셔츠가 없다(정확하게 말하자면 늘어날 대로 늘어난 티셔츠를 절대 잠옷으로 입지 않는다). 잠옷을 좋아해서 집에 들어오면 곧장 옷을 갈아입는다. 재킷은 옷걸이에 걸고, 바지와 티셔츠는 가지런히 접어 제자리에 올려놓는다. 그리고 잠옷을 입는다. 겨울용 잠옷 5벌, 여름용 잠옷 3벌, 원피스 잠옷 3벌, 잠옷 가운이 3개다. 나흘 정도 입으면 새것으로 갈아입고 잠옷을 넣어두는 캐비닛에서는 언제나 은은한 세제 향기가 난다.

그동안 딱 맞는 잠옷을 찾기까지 여러 번의 시행착오가 있었다. 내가 꼽는 최고의 잠옷은 무인양품 잠옷이다. 부드러운 재질의 천으로 만들어져서 맨몸에 닿는 촉감이 매우 좋다. 여성용 말고 남성용 스몰 사이즈를 입는다. 목 라인이 길게 떨어지고 팔과 다리 길이, 어깨 품이 넉넉해 편안하다.

잠옷 말고 집착하는 물건이 하나 더 있다면 바로 슬리퍼다. 나는 집에서 슬리퍼를 신는다. 세계 여행을 할 때 건조한 지역에서 맨발로 오래 다녔더니 뒤꿈치가 심하게 갈라지고 발바닥에 굳은살이 생긴 게 계기였다. 슬리퍼를 신으면 발이 찬 사람은 체온 조절이 되고, 아무리 청소해도 돌아서면 먼지가 바닥에 굴러다니는 집에서 머리카락을 밟지 않아도 되니 좋다. 잠옷을 갈아입는 타이밍에 슬리퍼도 바꿔 신는다. 바닥이 단단하지 않고 전체가 천으로 된 슬리퍼를 집에 10개쯤 쟁여 뒀다.

몸에 꼭 맞는 물건을 여러 개 사는 것을 좋아한다. 옷의 기본이라고 생각하는 하얀 티셔츠, 양말, 속옷 같은 것들은 한번 써보고 괜찮으면 두어 개 더 산다. 운동화는 10년 넘게 같은 걸 신는다. 나이키의 에어포스 원. 자주 신는 만큼 금방 닳아서 갈아 치운 것만 지금까지 여섯 켤레다.

내게 맞는 기본이 무엇인지 아는 일은 생활에 안정

감을 선사한다. 취향이라기보다 나의 정체성에 더 가까운 것들. 깨끗하고 단정한 옷차림에 개성 있는 가방 혹은 튀는 색깔의 재킷을 툭 걸치거나 날씨에 따라 이렇게 저렇게 조합해 입는 재미가 쏠쏠하다. 패션에 조예가 깊지는 않지만, 내게 어울리는 복장으로 외출하는 즐거움은 해도해도 질리지 않는다. 매일의 기분이 다르듯 다양하게 코디하되, 기본적으로 내 성향이 묻어나는 아이템들을 유지한다. 이를테면 검정색 아이패드와 킨토 텀블러, 프라이탁 백팩, 흰색과 초록색의 에코백, 검은색 카메라와 카메라 가방, 분홍색과 하늘색 모자, 부드러운 촉감의 목도리와 장갑 등 말이다.

여행할 때에도 헐렁한 추리닝, 흰 티셔츠, 무늬 없는 모자 등 평소 가지고 다니던 물건들로 꾸린다. 서울이나 뉴욕이나 파리의 거리에서 내가 든 물건들은 동일하다. 같은 물건을 지니면 어디서든 나답게 생활할 수 있다. 카페에 앉아 같은 노트에 글을 쓰거나 그림을 그리고 텀블러로 음료를 마시고, 에어팟으로 음악을 들으며 걷는다. 내가 어디에 있건 나의 일상 그대로 살아갈 수 있다. 더군다나 잠옷과 부드러운 안대, 휴대용 슬리퍼는 내 방 내 침대에서 입던 촉감 그대로다. 어떤 집에 머물든 내 생활의 기분을 그대로 재현할 수 있다. 낯선 침대에서 익숙한 옷을 입으면 불안이 사그라든다.

사실 잠옷 대신 낡은 티셔츠를 입든 어떤 물건을 쓰든 별문제 없다. 하지만 내가 어떤 것을 좋아하고 내게 무엇이 어울리는지 안다는 것은 나라는 사람을 알아가는 과정과 같다. 나는 검은색과 흰색 티셔츠의 단순함을 좋아하고, 사용감이 익숙한 물건에서 안정감을 느낀다. 비싼 물건일 필요도 없다. 유행하는 것이 아니어도 된다. 내가 좋다면.

내가 가진 물건에는 삶의 태도가 담겨 있다. 캐비닛 안에 차곡차곡 접어 넣어둔 옷에서 나는 향기가 좋아 빨래를 열심히 하고, 몸에 가볍게 닿는 촉감을 느끼며 잠드는 밤이 소중해서 침구를 갈고 잠옷을 정리한다.

이러한 반복 뒤에 누릴 수 있는 시간은 세상에서 가장 평화롭다.

엄마의 취향

"나이를 이렇게 먹었는데 아직도 처음인 게 있다니, 너무 좋아!"

이하늬 배우가 유튜브 채널 「하늬모하늬」에서 영어로 요가를 가르치러 가는 길에 한 말이다. 얼마 전 부산에서 엄마가 왔다. 엄마는 고향을 떠나 혼자 서울에서 살고 있는 딸내미의 집에 1~2주 정도 머물다 가곤 하는데 그때마다 엄마라는 사람에 대해 몰랐던 것을 알게 된다. 오늘 저녁은 외식하자며 밖으로 불러냈다. 식사 후 연희동 골목 끝, 중학교 앞에 있는 카페 라우터에 들렀다. 맛있는 커피를 마시며 이야기를 나누고 싶을 때 자주 가는 곳이다.

"저번 원두가 너무 맛있었어요. 저는 그때와 비슷한 걸로 주세요"라고 말하고 엄마를 위해 커피를 추천해 달라고 했다. 어떤 맛을 마셔보고 싶은지 물었는데 엄마는 잘 모른다고 했다. 초콜릿과 캐러멜같이 고소하고 진한 맛이 나는 원두, 블루베리나 사과처럼 상큼한 맛이 나는 원두가 있다고 설명했지만 역시 잘 모른다 답했다. 사장님의 추천으로 에티오피아 베이스의 가벼운 원두로 내린 따뜻한 커피를 주문했다. 엄마는 정성 들여 내린 맑은 맛의 커피를 한 모금 마시더니 감탄사를 뱉었다.

"커피 향이 입 안에 계속 맴도네!"
"그래? 엄마한테 너무 진하지 않아?"
"아냐, 맛있어. 엄마는 이런 커피 처음 마셔봐!"

예쁜 컵에 담긴 커피를 천천히 마시는 엄마의 얼굴에 생기가 돌았다. 언제나 엄마는 커피를 마실 때 "연하게"라고 했다. 카페에 가서 마시든 집에서 내가 직접 커피를 내리든 늘 "연하게"였다. 엄마는 이날 처음 알았다. 그동안 싫어했던 건 진한 커피가 아니라 쓴 커피였다는 것을. 자신의 취향은 과일 향이 도는 산미 있는 커피라는 것을. 행복해하던 엄마의 모습이 오랫동안 기억에 남았다. 예순 살이 넘어도 몰랐던 취향을 알게 되고 좋아하는 것이 새로 생기는구나. 너무 멋진 일이다.

나는 겨우 서른 중반. 웬만한 일에 별다른 감흥을 느끼지 못할 때면 나이 들어 취향이 굳어져버린 탓이라 생각했다. 이제는 알 만큼 알고 다 경험한 사람처럼, 인생 다 산 것처럼. 처음 아이스크림을 맛본 아이의 표정 같던 엄마의 얼굴이 머릿속에 계속 맴돈다. 나도 그렇게 아이처럼 늙어가야지. 새로운 경험을 하고, 모르던 나를 알아가면서. 우리 엄마처럼. 배우 이하늬처럼.

내일은 엄마와 공연을 보러 간다. 어느 건물 옥상에서 하는 소규모 어쿠스틱 공연이다. 엄마가 좋아하는 가수도 아니고 아는 노래도 없겠지만, 그 공간 그 시간 그 모든 장면이 엄마에게 인생의 새로운 즐거움일 것이다. 물론 나 또한.

나에게 다정하게

트위터에서 누군가가 말했다. 어렸을 적부터 샤워를 하고 화장품을 신경 써서 바르고, 영양제를 챙겨 먹고, 주변을 잘 정돈하면서, 사람들과 주기적으로 안부를 주고받으며 무난하게 사는 일들이 버겁게 느껴진다고 했다. 일상 속 사소한 일 하나하나가 어렵고 힘들다고 덧붙였다. 나는 글쓴이의 말에 깊이 공감했다. 그런데 이 트윗에 우울증이다, 다 귀찮으면 대체 어떻게 사느냐는 의견들이 달리고 병원 상담을 추천하기도 했다. 그중 몇몇은 의견이 달랐다.

"이 사람은 정말 열심히 살고 있는 거다."

°

　　"작은 일 하나하나 신경 쓰며 최선을 다하고 있다는
뜻이다."

　　동의했다. 저 사람은 아주 오래전부터 모든 게 버거
웠음에도 불구하고 지금까지 계속해오고 있는 거다. 나
도 사는 내내 그랬다. 아침에 일어나고 저녁에 잠드는
것, 이부자리를 정리하는 것, 청소기를 돌리고 물걸레
질을 하고 먼지를 치우는 것. 빨래를 하고 개는 것, 물
건을 제자리에 두는 것, 시간마다 물을 챙겨 마시고, 야
채와 과일을 챙겨 먹는 것, 식물이 죽지 않도록 살피는
것, 여백이와 살 적에는 나의 고양이가 잘 먹고 잘 자는
지 챙기던 것, 엄마에게 전화를 하고 친구들의 안부를
묻는 것, 그다지 즐겁지 않은 순간에도 웃어야 하는 것,
귀찮고 힘들어도 약속을 지키려 외출하는 것, 내 일이
잘 굴러가도록 계획하고 진행하고 마무리까지 잘하는
것…… 전부 버거워서, 가끔은 숨이 막혔다. 다 때려치
우고 도망가고 싶지만 어떻게든 해냈다. 지금까지 해왔
으니 이번에도 분명 할 수 있을 거라고, 매 순간 나를 등
떠밀면서 해왔다. 돈벌이나 인간관계 문제는 당연히 어
려울 수밖에 없지만, 사소한 일상마저 힘겨울 때가 많

　　°

왔다. 하지만 해야 하니까 했다. 농담처럼 자주 말했다.

"사는 거 참 번거롭고 힘드네."

운동, 아침 글쓰기, 마감 등 한 주를 바쁘게 보내고 맞이한 주말 동안 극도로 무기력했다. 소파에 드러누워 있다가 밥을 먹고, 한두 시간 낮잠을 자고 일어나 과일을 먹고 나서, 또 누워 있었다. 불안감과 죄책감에 짓눌린 채 누워만 있다 간신히 컴퓨터 전원까지는 켰는데 아무것도 할 수 없었다. 그렇게 주말이 삭제되고 일요일 밤이 되니 자기 혐오가 밀려왔다. 의지 박약이야, 이렇게 게을러서 어떡해, 이럴 때가 아닌데, 하고 계속 나를 탓하고 괴롭히다가 문득 어깨를 만져보니 몸이 굳은데다 미열이 있었다. 뭔가 이상함을 깨닫고 타이레놀한 알을 먹자마자 기절하듯 잠이 들었다.

깊은 잠에서 깨어 눈을 떴다. 월요일 오전 10시였다. 집 안 공기가 차분하게 가라앉아 있었고 따스한 햇볕이 느껴졌다. 열어둔 창문으로 바람이 불더니 침실의 커튼이 살짝 흔들렸다.

아파서 그랬던 거였구나. 내 잘못이 아니었구나. 끙

끙 앓으면서 이런 것도 이겨내지 못하는 건 내가 나약한 탓이라고 생각했었다. 그런데 아픈 게 당연했다. 힘들면 힘들어해야 하는데 그러지 않으려고 애를 썼다. 아무리 애를 써도 어쩔 수 없는 일이 있기 마련이다. 누구의 탓도 잘못도 아니었다.

개운한 기분으로 몸을 일으켜 청소기를 돌리고, 빨래를 개고, 설거지한 그릇들을 정리하고, 식물에 물을 줬다. 일주일 전에 돌돌 말려 있던 새 줄기가 크고 연한 초록색 잎으로 활짝 펼쳐져 있었다. 샤워를 하고 햇볕에 바싹 마른 깨끗한 티셔츠를 꺼내 입었다. 공원을 산책하며 하늘을 보고 바람을 쐬며 걸었다. 그리고 글을 썼다. 스스로를 몰아붙이지 말자고. 언제나 잘하지 않아도 된다고, 늘 괜찮지 않아도 괜찮다고.

어른의 이야기를 듣고 싶어요

성공담보다 실패담이 더 궁금하다. 어떤 투자를 거쳐 성공했는지보다 어떤 노력으로 실패를 지나왔는지 묻고 싶다. 반짝이는 사람들의 그럴싸한 모습 이면의 어둠을 엿보고 싶다. 한때는 내가 있는 곳이 세상의 전부 같았다. 어린 시절에 살던 아파트 단지, 친구들과 놀러 가던 번화가, 자취방 근처 동네, 일하다 만난 동료, 또래의 친구를 돌아보면 내 세계는 좁았다. 어른의 기준이라 생각했던 나이는 훌쩍 넘었다. 그런데 지금도 종종 생각한다.

"어른의 이야기가 듣고 싶어."

답답하고 막막한데 누구에게도 진지하게 고민을 털어놓지 못했다. 공감과 응원도 좋지만 가끔은 조언이 필요했다. 긴 세월을 살아본 어른의 말이 절실했다. 지금 당신이 하는 고민은 귀엽고 사소한 투정이고, 더 살아보면 별거 아니고, 그저 삶을 스쳐가는 일부일 뿐이라는, 속이 후련해질 정도로 따끔하고 단호한 말 한마디가 듣고 싶었다. 그래서 어른의 이야기가 듣고 싶을 때 줄곧 찾는 사람들이 있다.

첫 번째는 소설가 박완서다. 앞선 세상에 태어나 온갖 풍파를 견디고 쓴 기록들을 읽는 동안 나는 마음 놓고 울고 웃는 어린아이가 된다.

암담하거나 절망적인 일도 많았지만 가령 삶의 재미 같은 게 완전히 없지는 않았으니까요.
—『우리가 참 아끼던 사람』(박완서 대담집, 달 2016) 중에서

두 번째는 가상의 어른 심시선이다. 그는 정세랑 작가님이 만든 소설 속 인물이지만, 이 세상 어딘가에 살아 숨 쉬고 있을 것만 같은 존재다. 엄마이자 할머니이기도 하지만, 작가이자 예술가로 치열하게 살았던 인간

심시선의 삶을 여러 번 곱씹는다. 그에게 많은 위로를
받았다.

> 세상은 참 이해할 수 없어요. 여전히 모르겠어요. 조
> 금 알겠다 싶으면 얼굴을 철썩 때리는 것 같아요. 네 녀
> 석은 하나도 모른다고.
> ─『시선으로부터』(정세랑, 문학동네 2020) 중에서

세 번째는 윤여정이다. 어마어마한 필모그래피를
지닌 데뷔 57년 차 배우. 죽지 않으려고, 돈 벌려고 열심
히 일했다는 그의 말 앞에서 일한 지 10년도 채 되지 않
은 나는 절로 공손해진다. 살면서 수없이 겪었을 좌절
과 고통을 어떤 용기로 버텼는지 가늠해볼 수 없을 정
도다. 형편이 어려워서 아등바등 노력하고 이를 바득바
득 갈며 살았다고 당당하게 말하는 사람에게서 느껴지
는 품위를 존경한다. 특히 그가 예능 프로그램「꽃보다
누나」에서 한 말을 좋아한다.

> 롤 모델이 왜 필요해. 나는 나같이 살면 돼. 나이가
> 들수록 삶의 지혜가 생기고 실수가 잦아들지만, 여전히

**처음 살아보는 오늘이니 완벽하지 않아도 돼, 그럴 수
있어.**

스물이든 예순이든 우리는 모두 처음이다. 나이는
시간의 합일 뿐, 수많은 현재가 더해지면서 그려진 인생
의 궤적은 길이보다 어떤 모양인지가 더 중요하다.

어른다운 어른이 되고 싶다. 언젠가 나처럼 삶을 감
당하기 힘든 누군가가 "당신이라도 단호하게 말해줄래
요?"라고 요청했을 때 자신 있게 말 한마디를 내놓을 수
있는 어른이 되면 좋겠다. 그러면서 가끔은 무너지고
울며 누군가에게 기대고 싶다. 처음 경험하는 나이에
낯설어하는 시간이 수없이 이어질 테니까. 우연이든 운
명이든 당신과 내가 서로에게 어른이 되어주기도 어린
아이가 되어주기도 하면서 눈을 마주칠 수 있다면, 세상
의 어느 누구도 혼자가 아닐 것 같다.

뜨겁고 투명한 안녕

매년 여름 영국 필턴에 위치한 농장에서 야외 음악 축제가 열린다. 글래스톤베리 페스티벌이다. 이 공연을 보러 영국에 가는 것은 내 버킷 리스트 중 하나였다. 그동안 갈 수 있는 기회가 종종 있었는데 마음만 먹으면 언제든지 갈 수 있다는 이유로 몇 번씩 미뤘다. 그리고 2019년, 2020년 연속으로 글래스톤베리 페스티벌이 취소되었다. 세계적으로 유명한 공연들이 줄줄이 취소되던 중 주최 측의 과감한 시도로 2021년 글래스톤베리 페스티벌은 온라인 스트리밍으로 전 세계 사람들을 만나게 되었다.

2021년 5월 23일 서울의 집. 일요일 오후에 친구와

○

나는 방에 앉아 예매코드를 입력하며 입장했고 저녁 7시부터 새벽까지 랜선 축제가 열렸다. 수많은 관객이 함께 노래하고 뛰어야 할 곳에서 아티스트들은 혼자 공연했다. 무대 아래, 잔디 위에서 신나게 뛰어다녀야 할 우리는 지구 반대편에서 추리닝 바람으로 꼬막 비빔밥을 먹고 있었다. 선풍기를 틀어 놓았는데 마치 농장의 바람이 부는 것 같았고, 창문 너머로 보이는 하늘이 영상 속 하늘의 색과 기가 막히게 맞아떨어졌다.

오래 전부터 좋아한 콜드플레이의 무대가 시작되자마자 자리를 박차고 일어나 펄쩍거리며 소리 질렀다. 그리고 다짐했다. 언젠가 꼭 공연을 보러 가겠다고. 이 '언젠가'란 첫 번째 기회를 말하는 것이었다. 다음으로 미루지 않고 반드시 그 기회를 잡겠다는 다짐이었다. 삶에 다음이란 건 없다. 할 수 있을 때, 손에 쥘 수 있을 때 놓치지 말아야 한다. 가장 좋아하는 곡 「A sky full of stars」의 엔딩 장면을 보면서 외쳤다.

"기다려요, 지구 어디에 있든 제가 꼭 만나러 갈게요!"

○

172

여운이 남아 새벽 내내 콜드플레이 영상을 수십 번씩 돌려봤다. 브라질 상파울루에서 부른 「Fix you」무대 영상은 전설 중의 전설인데 이 노래에는 사연이 있다. 콜드플레이의 보컬 크리스 마틴은 유명한 배우이자 사랑하는 연인 기네스 펠트로가 아버지의 죽음 앞에 무너졌을 때 그녀를 위해 노래를 만들었다. 그게 바로 「Fix you」다. 그들은 12년 결혼 생활 후에 이혼했지만, 여전히 서로를 형제이자 동료라고 부르며 삶을 공유한다. 이 영상이 특별한 이유는 관객들의 모습에 울컥하는 뭔가가 있기 때문이다. 사람들이 무대 아래에서 울고 있다. 차갑고 흐릿한 눈물이 아닌, 뜨겁고 투명한 눈물을 흘린다. 치유의 과정 속에서 흘리는 눈물은 온도가 다르다. 몸의 수분이 마를 만큼 실컷 울었다면 그 시간을 보내주자. 충분히 아프고 힘겨웠으니 이제는 일어날 차례다.

노래를 부르는 크리스 마틴은 정말 행복해 보인다. 자유롭게 춤을 추고 웃는다. 품 가득히 무언가를 안고, 보이지 않는 무엇을 손으로 움켜진다. 무대 바닥에 누워서 하늘을 바라보며 손가락으로 어딘가를 가리키던 그가, 다음은 일어날 차례라는 걸 안다는 듯이 몸을 벌떡 일으킨다. 그리고 무대 한가운데를 전속력으로 달려 힘껏 뛰어오르는 모습은 영상의 클라이맥스다. 나도 광활하게 펼쳐진 사막 위를 맨발로 힘차게 달리던 날이 떠올랐다. 아름다운 풍경 앞에서 벅찬 감동의 눈물을 흘렸던 순간을 기억한다.

지구에 수십억 명의 사람들이 살고 있지만 마음속 눈물샘이 마른 이 하나 없다. 우리는 서로를 완벽히 이해할 수 없겠지만 어깨를 들썩이며 함께 노래하는 이런 순간을 통해 치유받는다. 이날 나는 랜선으로 이어진 축제 속 사람들과 노래를 부르면서 뜨겁게 울었고 상처의 일부가 아물었다.

보이지 않는 무언가를 움켜쥐고, 어딘가에 있을 당신을 꼭 껴안는다. 베개에 스민 눈물 자국을 뒤로하고 자리에서 일어나 불을 켠다. 빛을 찾아 집 밖으로, 발뒤꿈치로 땅을 박차고 밀어내며 앞을 보고 달린다. 내 최고 속도가 얼마인지 아직 경험하지 못했다. 한계를 몰라서 오히려 더 좋다. 힘차게 달리다가 언젠가 하늘 높이 점프!

시절인연

한때 가까웠던 관계가 특별한 사건이나 계기 없이 멀어질 때, 불교에서는 '시절인연'이라고 한다. 나에게도 한 시절이 흐르는 것처럼 자연스럽게 멀어진 사람들이 있다. 예전 같으면 어떻게든 관계를 회복하려고 애썼을 텐데 이젠 그러지 않는다. 미안함과 아쉬움은 있지만, 관계에도 쉼이 필요하다. 예전엔 언제나 주위에 사람이 넘쳐나서 시끌벅적했지만 요즘에는 마음이 잘 맞는 몇몇과 조용히 산다.

어릴 적에는 내가 이중인격자인지 진지하게 고민했다. 누군가에게는 하하 호호 웃고, 누군가에게는 쌀쌀맞고, 누군가에게는 아무런 경계심도 없는 내 모습이

낯설었다. 사람에게 다양한 면모가 있다는 사실을 모르던 때였다. 겉으로 상냥한데 속으로 냉소적인 스스로가 경멸스러웠다. 나는 왜 이렇게 모순적일까. 미움받고 싶지 않고, 타인의 호감을 얻고 싶었다. 속에서는 혼란이 휘몰아치지만 겉으로는 완벽한 사람처럼 보이고 싶었다. 열에 아홉이 나를 좋아해도 한 명이 나에게 관심이 없으면 며칠 동안 의문에 시달렸다. 모두가 나를 좋아하길 원하다니, 대체 무슨 자신감이었을까. 아니, 사실 오히려 자신감이랄 게 없었다. 내면을 드러냈다가 실망을 안겨줄까 두려웠고 가족이나 친구, 연인과의 관계에 서툴러 무수한 생채기가 남았다. 다치고 상처 주고, 분노하고 무너지고, 하루에 수십 번씩 일희일비하던 날들이었다.

완벽하게 사랑받는 게 이런 거라고 느끼게 해준 연인을 소중히 여기지 못했다. 감정을 쏟아내는 걸 솔직함이라 착각하고 온갖 말과 행동으로 상대의 마음을 의심하고 시험했다. 그토록 찬란했던 사랑을 잃었다. 모든 비밀을 터놓았던 어린 시절 친구에게는 성인이 되어서 조언이랍시고 지독하게 참견하며 지나치게 집착했다. 상대의 불행 앞에서 가끔 나의 행복을 숨기는 일, 각자의 선택을 존중하는 일 또한 배려라는 걸 몰랐다. 세월이 무색하게 한순간 뚝, 선을 끊어버렸다. 사랑도, 우정도, 감히 실패라고 할 만큼의 끝을 겪었다. 그를 얼마나 열렬히 사랑했는지, 친구와 얼마나 오랜 세월을 함께했는지 떠올리며, 어디서부터 잘못된 건지 몰라 힘들었다. 하지만 이제는 안다. 그냥 그 시절의 인연이었고, 우리는 분명 최선을 다했다는 것을. 누구 한쪽의 잘못도 아니고 그때는 그럴 수밖에 없었음을.

"후회하지 말자, 좋았다면 멋진 것이고 나빴다면 경험인 것이다"라는 문장을 곱씹어본다. 인간관계는 유난히 좋은 것과 나쁜 것이 같이 온다. 행복과 불행이 공존하는 진심 어린 사랑을 했다. 함께하는 찰나가 얼마나 특별한지 깨달았다. 이별과 아픔을 통해 내가 얼마나 미숙했는지 뼈저리게 반성했다.

모든 게 혼란스러웠던 어린 날은 끝났다. 이제는 부족함을 인정하고 포기하는 법을 안다. 물론 한계를 모르고 가까워지는 관계도 여전히 희망한다. 그렇기에 더더욱 변하고 성장하겠다고 다짐한다. "변하지 않는 건 없어"라는 말은 절망의 문장이 아니다. 나빴던 것 또한

○

좋아질 수 있음을 뜻하는 희망의 문장이다.

우리는 언제나 변화 속에서 살기에 '나는 원래 이런 사람'이라고 단언할 수 없다. 당연한 건 없다. 당신이 내 곁에 있는 것이 절대 당연하지 않은 것처럼. 소중한 것을 소홀히 했던 과거의 나를 다그치며 소중한 사람들을 하나하나 손가락으로 세어 본다.

변해야 하고 변할 수밖에 없다면 그 변화의 방향을 내 의지로 선택하려 한다. 자기 혐오와 합리화로 똘똘 뭉친 자신을 되짚어 보게 하는 건 결국 사랑하는 사람들이다. 제멋대로인 내 곁을 지켜주는 사람들과 더 이상 이별하지 않고 살아가고 싶기에 더 좋은, 더 따뜻한, 더 나은 사람이 될 거다. 이 시절의 이 인연을 다음 시절까지 계속 가져가고 싶다. 그게 우리의 의지가 담긴 진정한 시절인연이라고 믿으면서.

애착 인형의 운명

침실에 새하얀 강아지 인형이 하나 있다. 만화 「틴틴의 모험」에 나오는 캐릭터 밀루다. 친구들과 누구나 애착 인형 하나쯤 있지 않냐는 이야기를 하고, 생일 선물로 받은 인형이다. 이 인형은 영화 「이터널 선샤인」에서 따온 조엘이라는 이름을 갖게 되었다. 그런데 사실 나와 함께 있는 인형은 조엘이 아니다. 지금 우리 집에 있는 건 포레스트다. 「라이프 오브 파이」 「허」 「빅 피쉬」 등 좋아하는 영화가 정말 많지만 하나만 뽑는다면 단연 「포레스트 검프」다. 1994년 톰 행크스 주연의 오래된 명작. 이 영화는 깃털 하나가 하늘을 날다가 버스 정류장에 앉은 누군가의 발치에 떨어지면서 시작된다. 그가

이 이야기의 주인공 포레스트 검프다.

포레스트는 "신발을 보면 어떤 사람인지 알 수 있다" "바보는 바보 같은 행동을 하는 사람이지, 너는 그냥 지능이 조금 떨어질 뿐이야" 같은 엄마의 다정한 말을 늘 떠올린다. 다리가 불편했던 이 소년은 달리라고 해서 달렸을 뿐인데 대학에서 미식축구를 하게 되고, 누가 시켜서 해봤을 뿐인데 국가대표 탁구선수가 된다. 군대에서 만난 친구와 스치듯 했던 약속을 지키기 위해 새우잡이 배를 탔다가 엄청난 부를 쌓고, 전쟁에서 타인의 생명을 구한 대신에 다리를 잃어 피폐한 삶을 살던 댄 중위에게 다시 살아갈 힘을 주기도 한다.

이 영화를 볼 때마다 나는 포레스트가 되고 싶어진다. 그는 단순하다. 눈치가 없고 생각이 짧아 보일 수도 있지만, 그 단순함은 언제나 순수한 진심이기도 하다. 달리고 싶으면 달리고, 약속했기에 약속을 지키고, 사랑을 느끼기에 사랑을 한다. 마음이 시키는 대로 행동하고, 삶이 흘러가는 대로 자연스럽게 세상의 흐름에 몸을 맡긴다.

포레스트는 명예, 성공, 돈이 아닌 우정, 사랑, 행복에 더 집중한다. 인생에서 마주하는 어떤 순간도 쉽게 지나치지 않는 동시에 순리에 맞게 과거로 흘려보낸다. 그렇게 마주친 수많은 우연은 마치 운명처럼 이상하리만치 놀라운 결과를 가져왔다. 나는 나에게도 찾아올 놀라운 삶을 상상하며 영화 대사를 자주 곱씹었다.

운명은 스스로 만들어가는 거란다. 신이 네게 주신 것을 가지고 최선을 다할 뿐이지.

종종 생각지도 못한 일이 벌어지거나 세상살이가 낯설어질 때 운명에 대해 생각했다. 태어난 순간부터 죽을 때까지 인생은 이미 정해져 있고, 모든 일은 우연이 아니라 불가항력적으로 일어나는 것일지도 모른다고 의심했다. 그렇다면 내 운명은 부산의 평범한 가정에서 외동딸로 태어난 여자아이가 서울에 위치한 미대에 진학해 계속 그림 그리는 것이었을까. 지금까지의 여정이 한 편의 영화 시나리오라면 세계 30개국을 히피처럼 떠돌던 2년간의 여행은 운명의 일탈 같은 작은 에피소드였을까. 사랑했던 연인을 우연히 마주쳤던 낯선 장소, 차라리 만나지 않았으면 좋았을 사람과의 시간들 또한 모두 운명의 장난이었을까.

···

우리 삶도 무엇을 선택하느냐에 따라서 인생이 달라질 수 있어.

살다 보면 사소한 것부터 큰 것까지 수많은 선택을 하게 된다. 말과 행동, 만남과 헤어짐은 선택에 따라 나비효과처럼 전체 삶에 영향을 끼쳤다. 그렇게 수십 번씩 흔들리는 시간 속 수많은 고민과 선택에 어떤 힘이 작용했을지 잘 모르지만 결국 내 삶은 나에게 달려 있었다. 그래서 운명이란 건 굳이 알 필요가 없다.

인생은 초콜릿 상자 같은 거란다. 무엇을 집을지는 아무도 몰라.

손해 보지 않으려고, 실패하지 않으려고, 후회하지 않으려고 망설이는 시간이 길어질수록 선택의 폭은 좁아졌다. 포레스트는 대체 어떻게 눈앞의 삶에만 집중할 수 있었을까. 달리고, 여행하는 그의 순간순간에 포레스트를 사랑하는 엄마의 말이 늘 단단하게 새겨져 있었기 때문일까.

지난겨울, 엄마는 서울 집에서 머무는 2주 동안 매일 밤 조엘을 안고 잠들었다. 그 모습을 지켜보다 엄마에게 조엘을 선물했다. 새하얀 강아지 인형 조엘은 엄마 품에 안겨 부산 집으로 갔다. 나는 같은 인형을 하나 더 구입해 포레스트라는 이름을 지어주었다.

나의 포레스트는 내 품에서 잠을 자고, 엄마의 조엘은 엄마 품에 안겨 잠을 잔다. 포레스트의 엄마에겐 초콜릿 상자가 있고, 나의 엄마에겐 애착 인형이 있다. 포레스트는 초콜릿 상자에서 초콜릿을 꺼내 먹을 때마다 달콤함과 함께 엄마를 기억할 것이다. 그리고 나는 엄마가 보고 싶고 엄마 품이 그리운 날에 조엘과 똑같이 생긴 포레스트를 꼬옥 안아줄 것이다. 엄마의 냄새와 온기가 가득 묻은, 세상에 하나뿐인 나의 애착 인형으로, 엄마를 영원히 내 품에 담을 것이다.

오늘은 언제나 기념일

새벽에 별생각 없이 디데이 앱을 열었는데 +1,500과 +180이라는 숫자가 떴다. 여백이가 떠난 지 1,500일이다. 2017년 9월 7일부터 4년하고도 한 달 그리고 일주일. 3만 6,000시간 동안 여백이 없이 살았다. 태어난 지 두 달 된 얼룩무늬 고양이 여백이와 함께한 시간은 3년 8개월이었으니까, 그보다 더 긴 시간이 지났다. 그리고 「봉현읽기」 뉴스레터를 시작한 지 180일이 되었다. 6개월 동안 30통의 메일을 보냈으니 한 달에 4~5편의 에세이를 쓴 셈이다. 꾸준히 뉴스레터를 보냈던 건 올해 잘한 일 중 하나였다.

날짜라는 게 별것 아닌 줄 알면서도 때때로 의미를

부여한다. 20대 때는 연애하면서 100일, 200일 등을 챙기고 1주년, 2주년 등도 열심히 챙겼다. 작은 선물을 주고받고 맛있는 음식을 같이 먹을 뿐이지만, 연애하는 시간을 세어보는 건 사랑스러운 일이었다. 그래서 기념일을 좋아했다. 부담스러운 가격의 선물이나 한강 뷰 레스토랑 예약 같은 걸 좋아하는 게 아니다. '하루하루가 소중하니까 우리가 함께하기로 한 날들을 세어보자' '지난 시간을 돌아보고 남은 시간도 함께하기를 소망하며 우리 관계를 한 번 더 가늠해보자' 하는 마음이 그저 좋았다. 30대의 연애에서는 기념일이 점점 대수롭지 않아졌지만 역시 양손 가득 받는 꽃다발에는 행복이 어김없이 담겨 있었다. 사랑은 무의미한 것을 특별하게 만드는 일이다.

좋은 날들을 세어가며 행복을 곱씹는 것과 반대로 크나큰 상실 앞에서도 하나하나 시간을 셌다. 너무 괴로워서 시간이 빨리 흐르기를, 그래서 이 아픔이 흐릿해지기를 바랐다. "시간이 약이야" "지나면 다 괜찮아질 거야"라고 모두 이야기했지만 여백이의 죽음 앞에서 식음을 전폐했던 몇 개월 동안 위로의 말들은 와닿지 않았다. 하지만 명확한 숫자로 쌓인 시간과 함께 지금 나는 대체로 잘 지낸다. 물론 시간은 진통제이긴 하지만 치료제는 아니라서 여백이가 보고 싶고 그리울 때가 있다. 소중한 존재를 잃는 날들은 앞으로 계속 쌓여갈 것이다. 반드시 겪을, 언젠가의 더 큰 상실을 떠올린다. 그때도 시간의 중첩이 가져오는 힘에 의지할 수 있기를 빈다.

'여백이 안녕'과 '봉현읽기'만 등록되어 있던 디데이 앱에 하나를 추가했다. 제목은 '2022년'이고 −77이라는 숫자가 옆에 뜬다. 이번엔 +day가 아니라 −day였다. 디데이 앱에서는 지난날이 플러스로, 다가올 날이 마이너스로 뜨지만 나는 남은 날들을 하루하루 빼는 것이 아닌 하루하루 채우는 마음으로 살고 싶다. 더하는 것은 앞으로의 희망, 빼는 것은 지난날의 후회. 지금 서른한 번째「봉현읽기」를 쓰고 있고, 집에 여백이는 없지만 엄마가 기다리고 있다.

오늘은 언제나 기념일. 디데이든 뭐든 가장 의미 있는 날은 지금이라 생각하기. 나만의 날짜 상자 속에 오늘이라는 희망이 하루하루 쌓여간다.

우리는 매일 달라진다

전화 한 통을 받았다. 여느 날처럼 동네 밥집에서 돈가스를 먹고 있던 중 수화기 너머로 부고 소식을 들었다. 순식간에 와르르 무너졌다. 누구든 옆에 있어주면 좋겠다고 생각했다. 바로 옆 테이블에서 수다를 떠는 사람에게 다가가 "저랑 잠깐만 이야기해 주시면 안 될까요" 하고 말을 걸고 싶을 정도였다. 젓가락을 쥔 채 어찌 할 바를 모르고 앉아 있었다. 터져 나오는 울음을 꾹 참고 모자를 푹 눌러쓰고 일어났다.

"많이 남기셨네요."

주인 아주머니가 내 눈물을 발견한 듯 조심스레 말을 건넸다. 햇살이 눈부신 오후 3시였다. 방금 전까지 씩씩하게 집을 나와 할 일을 해나가고 있었는데, 갑자기 거리 위 밝은 표정의 사람들과 완전히 동떨어진 기분이 되었다. 혼자 있으면 안 될 거 같아 친구에게 연락했고 그는 한달음에 달려왔다. 친구를 보면 울컥 눈물을 쏟을까 봐 걱정했는데 오히려 평정심을 찾았다. 약한 살을 내보일 수 있는 사람이 곁에 있다는 건 정말 행운이다. "나 좀 이상해"로 시작했던 대화는 "어쩔 수 없지"라는 허탈한 웃음으로 마무리됐다. 분홍색으로 물드는 하늘을 바라보며 마음의 균열을 다시 이어 붙였다. 곁에서 가만히 자리를 지켜준 친구에게 말했다.

"아무래도 지금까지 인생의 파도를 유난스레 타고 산 것 같아."

보통 사람들은 멀찌감치 물러나 바다를 바라보며 살고 있는데, 나만 유별난 성격 탓인지 별난 환경 탓인지 지루함과 평온함을 견디지 못하고 폭풍만 골라 찾아다니며 파도 치는 바다 위를 떠다녔다. 지금은 어디에

○
191

떠 있는 걸까. 태풍의 눈에 있는 걸까. 그것도 아니면 한 치 앞도 보이지 않는 밤의 해변에 쓰러져 있나. 과거의 나에게 이 혼란에 대해 묻고 싶어서 오래전 내가 써둔 글 몇 편을 읽었다. 이상하게 그때의 나는 지금보다 훨씬 정직하고 성숙했다.

시간이 지나야 알게 된다. 깨달음은 언제나 늦고, 희망은 언제나 이르다. 나이를 먹는 것은 그저 숫자일 뿐. 늘 과거의 내가 낯설다. 사진과 일기 같은 분명한 증거가 있고 "너 그때 그랬어"라고 말해줄 친구들이 있음에도 처음 읽는 소설의 주인공같이 느껴진다. 그때 나는 무엇이 그리도 간절하고 또 힘들었던가. 이렇게 까맣게 잊어버리고 낯설게 느낄 거면서. 지독하게 힘들었던 일도, 정답이 없던 고민들도, 결국 사라졌고 영원할 것 같던 상처도 아물었다. 모든 생이 좋지도, 모든 순간이 나쁘지도 않았음을 깨닫는다. 역시나 뒤늦게.

감정의 탕진은 사람을 변화시킨다. 좋은 방향이든 나쁜 방향이든 간에 이전의 나로 돌아갈 수 없다. 어떤 변화는 인과관계 없이, 아무 이유 없이 일어난다. 친구와 절교하고, 가까운 존재의 죽음을 경험하고, 가난에 초라해진 자신을 직시하고, 연애가 끝나고…… 몸과 마음을 괴롭혔던 지난날들이 떠올랐다. 그때에는 끝없이 들이치는 매서운 파도를 온몸으로 받아들일 수밖에 없었다.

차갑고 외로운 우울의 격랑에 푹 젖어 있던 내게 감정 내역서가 날아왔다. 거기에는 영수증도 받지 못할 수준의 자잘한 감정 잔돈들이 빼곡히 적혀 있었다. 포기와 다짐의 기로에 서서 삶을 치열하게 소비한 흔적들이 남아 있는, 누렇게 바랜 감정 지갑을 열었다.

그 안에는 푸르고 너른 바다가 있었다. 아무도 본 적 없는 깊고 무한한 바다. 폭풍이 몰아치기도 하고 찬란한 햇살을 튕기며 반짝이기도 하는 바다. 다 포기한 눈빛으로 축 처진 어깨를 내보이며 심장 뛰는 소리를 외면해온 요즘의 내가 놓쳤던 바다. 그 바다가 내 안에 출렁이고 있었다.

백사장에 새하얀 빛이 비치고, 얕고 느린 물결이 흘러 들어와 해안선이 바뀌는 것처럼, 사소하고 작은 일들이 쌓여 나도 모르게 큰 변화를 만든다.

가벼이 내뱉은 말 한마디, 쉽게 사고 버린 물건들, 자고 일어나는 시간, 산책하며 모은 발걸음 수, 집에 드는 햇살 농도 같은 것들도 마찬가지다.

　나의 낡은 감정 지갑을 포기하지 않고 끝까지 여닫
으며, 가끔 익숙하고 가끔 낯선 감정들과 함께 인생을
계속 탐험하기로 했다. 사람은 변하지 않는다는 말을
믿지 않는다. 우리는 매일 달라진다.

　속보, 오늘 나의 바다에는 시원한 바람이 분다.

마음에 책임을 집니다

2011년, 인도 라다크

나 홀로 세계 여행 2년째. 무엇을 하고, 무엇을 먹고, 무엇을 입어야 할까. 어떤 하루, 어떤 해, 어떤 일생을 보내야 할까. 막연한 바람이나 욕심만 앞설 뿐, 계획이나 준비를 할 수 없다. 흐르는 대로 흘러가되, 그저 떠내려가지만 않았으면 좋겠다.

2012년, 전주

따뜻한 곳에서 따뜻한 사람과 따뜻한 커피를 마실 수 있는 요즘. 눈 오는 날에 손을 마주 잡고 여기저기 걷다가 서로에게 작은 선물을 건네는 너와 나. 우리의 시간은 짧지만 파란만장하고, 말도 안 되는 사건들과 울고 웃는 추억들로 가득해. 따로여도, 함께여도 보고 싶은 마음. 우리 이대로 로맨스 영화 100만 편만 더 찍자. 추운 걸 싫어하는 나지만 너와 함께라서 이 겨울이 참 따뜻하게 느껴져.

2013년, 서울

나는 헝클어진 머리가 귀여운 너를 강아지라고 부르고, 너는 얼굴이 빨개질 때까지 울다가 금세 헤헤 웃어버리는 나를 토끼라고 부른다. 낯간지러운 애칭을 쓰는 낯선 내 모습. 서로에게 당연해진 우리가 진정 사랑하고 있다는 게 무서울 만큼 행복하다.

2014년, 베트남 하노이

몇 달에 걸친 그림 강연을 끝냈다. 올해는 내 인생 최고로 바쁜 해였다. 사람들에게 그림 그리는 대단한 노하우를 알려주기보다 지난 이야기를 들려주며 그림의 즐거움과 의미를 나누려고 했다. 여행하듯 살아가자는 마음을 전하고 싶었다. 그리고 바로 다음 날 비행기를 탔다. 여행지에서도 별반 다르지 않은 시간을 보낸다. 소박한 식사를 하고, 따뜻한 차 한잔을 내린다. 작은 책상과 등을 기대앉을 의자만 있다면 충분하다.

○

노트와 펜을 꺼내서 일기를 쓰고 그림을 그린다. 머물 수 있는 곳이 있다면, 어디서든 자유로울 수 있다면, 나는 어떻게든 살아갈 수 있다.

2015년, 홍대 카페 룰루랄라

늘 그렇듯 룰루랄라에 삼삼오오 모인 친구들과 보드게임을 하고 난 뒤, 집에 와서 여백이의 온기를 느끼며 책을 읽었다. 세상에서 가장 소중한 너와 보내는 따스하고 조용한 밤.

2016년, 엘 언니 집

친구들과 조촐한 집들이를 했다. 다음 날 뉴스에 우리 사진이 기사화되어 나갈 줄은 몰랐지만.

2017년, 망원동 친구 집

여백이를 떠나 보내고 몇 달째 식음을 전폐하다가 간신히 정신을 차리고 삐쩍 마른 몸으로 친구들을 만났다. 오랜만에 웃었다. 곁에 있어주는 사람들 덕분에 살아 있다.

2018년, 연남동 친구 집

동네 친구들과 크리스마스 케이크를 나누고 밥을 먹었다.

2019년, 집 근처 카페

책을 읽고 글을 썼다.

2020년, 집

일했다.

문득 10년 전 인도 라다크에서 보냈던 크리스마스 풍경이 떠올랐다. 페이스북과 일기장을 뒤져서 이맘때 뭘 했는지 찾아봤다. 10년이라는 시간을 돌아보니 한눈에 알 수 있었다.

해가 갈수록 삶이 단순하고 조용해졌다. 배낭 하나 메고 히피처럼 떠돌던 때는 맹렬하게 방황하던 시절이었다. 사랑하는 사람과 보낸 겨울은 따스하고 행복했으며, 책을 내고 일하기 시작하며 이름을 알리기 시작했던 해는 정신없이 바빴다. 고양이와 함께 살면서 완벽한 사랑을 누렸고 완전한 상실을 겪었다. 그리고 어느 시점부터 내 겨울은 무난하고 고요한 날들로 조금씩 채워지고 있었다.

10년 전에는 천 원을 아끼기 위해 바득바득 견디며 조금이라도 더 특별한 경험으로 텅 빈 내면을 채우려 용을 썼다. 일이 없어서 프리랜서로 살아남을 수 있을지 스스로를 의심했다. 평화롭고 안정된 삶을 간절히 바랐다.

10년이 지났다. 어느 정도는 바라던 모습으로 산다. 어제는 세 달간의 작업비가 한번에 입금되었다. 통장에 적힌 낯선 숫자를 한참 들여다봤다. 가난에 한이 맺혔던 20대를 생각하면 흥청망청 돈을 쓰고 놀 법도 하지만 늘 가던 카페에 가서 늘 마시던 커피를 주문했다. 평소처럼 노트북과 다이어리를 꺼냈다. 메일함을 열어 기획안을 읽고 다이어리에 다음 주 일정을 기록하고 책을 읽었다. 어수룩하고 종잡을 수 없던 과거와 달리 오늘의 나는 내 마음을 정확히 설명할 수 있다. 그리고 그 마음에 책임을 진다. 해야 하는 일을 하고, 의미 있는 기억을 들여다보는 것으로 어른의 태도를 삶에 조금씩 채워 넣는다.

"2010년부터 10년 넘게 짊어온 고민들은 올해가 마지막입니다. 그걸 끝내기 위해 가장 치열하게 싸우고 견디는 해가 될 거예요."

올해 여름에 사주를 봤을 때 이런 말을 들었다. 엄청난 위안이 됐다. 지금 내가 누리는 평화로운 일상은 그동안 치열하게 싸우고 수없이 견뎌온 날들이 이룬 결과일 터. 잔잔한 마음의 파도는 거친 폭풍을 지나야 비로소 찾아온다.

트위터에 썼던 말들을 찾아봤다. "인생 뭘까" "인생 너무해" "인생 길다" 하고 10년째 인생 타령을 하고 있었다. 2014년에는 트위터에 이런 문장을 썼다.

조금 더 욕심을 부리자면, 글을 잘 쓰고 싶다. 지금은 내가 부족해서 겁도 많고 조심스러워 몸을 사리고 차근히 써 내려갈 뿐이지만, 언젠가 있는 그대로 솔직하게 글을 쓰고 그림을 그리고 싶다.

과거의 나야, 8년 후에 너는 다섯 번째 책을 쓰고 있단다.

과거를 돌아봤으니 이제 미래를 그릴 차례다. 그동안 마음을 다해 쓴 것들이 반짝반짝 빛나기를 감히 소망한다. 그리고 그 빛의 끝에 서서 이렇게 말할 수 있기를 희망한다.

°

"파란만장해도 괜찮으니, 삶이란 살아볼 만한 것이구나."

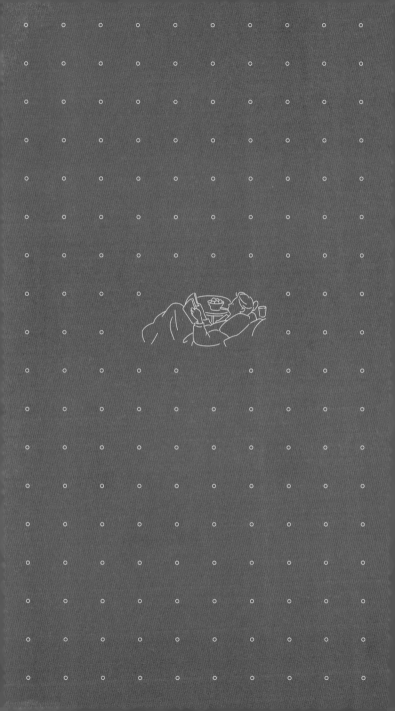

나에게 돌아온 마음을 읽다가

자주 그리고 많이 웃을 것,

현명한 이에게 존경받고 아이들에게서 사랑받는 것,

정직한 비평가의 찬사를 듣고 친구의 배반을 참아 내는 것,

아름다움을 식별할 줄 알며 다른 사람에게서 최선의 것을 발견하는 것,

건강한 아이를 낳든 한 뙈기의 정원을 가꾸든 사회 환경을 개선하든 자기가 태어나기 전보다 세상을 조금이라도 살기 좋은 곳으로 만들어놓고 떠나는 것,

이 땅에 잠시 머물다 감으로써 단 한 사람의 인생이라도 행복해지는 것,

그것이 진정한 성공이다.

—랠프 월도 에머슨

첫 번째 책에 이런 문장을 담았었다. 다섯 번째 책을 쓰는 지금도 같은 마음이다.

원고를 마감하던 새벽, 모든 글을 다시 읽어보면서 눈이 퉁퉁 부을 정도로 울었다. 그동안 내가 쓴 글들이 "힘들고 외로웠던 날들을 잘 견뎌냈구나. 애썼다"라며 말을 걸어왔다. 그동안 뉴스레터를 구독하는 분들에게 받은 답장들을 다시 읽다가 또 울었다. 고마워요, 응원해요, 덕분이에요, 행복하세요, 힘낼게요, 위로를 받았어요, 저도 계속 살아보고 싶어졌어요, 같은 말들이 내게 돌아와 있었다.

왜 글을 쓰는지 수없이 스스로 질문했지만 이렇다 할 정답은 없었다. 다만 적어도 이 책에 대해서는 알 것 같다. 내 글이 나를 살리고 누군가의 삶에 위로와 응원이 된다면, 조금 더 나은 세상이 되는 데 작게나마 기여할 수 있다면 그걸로 충분하다. 그것만으로도 나는 계속 쓰고, 계속 살아가고 싶어질 것 같다.

2022년 여름
봉현

단정한 반복이 나를 살릴 거야

초판 1쇄 발행 2022년 8월 1일
초판 5쇄 발행 2024년 2월 2일

지은이 봉현
펴낸이 윤동희
책임편집 김미라
디자인 이지선
마케팅 윤지원

펴낸곳 ㈜미디어창비
등록 2009년 5월 14일
주소 04004 서울 마포구
　　　　월드컵로12길 7 창비서교빌딩
전화 02-6949-0966
팩시밀리 0505-995-4000
홈페이지 books.mediachangbi.com
전자우편 mcb@changbi.com

ⓒ 봉현 2022
ISBN 979-11-91248-68-5　03810

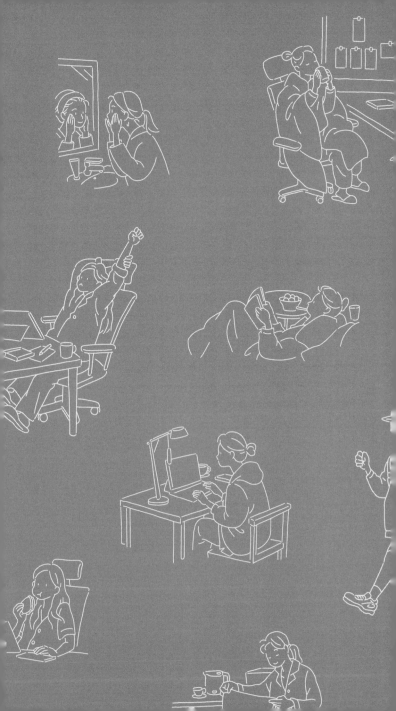